MW01049664

LO QUE TRAE LA MAREA

What the Tide Brings

Xánath Caraza

Translated by Sandra Kingery,
Stephen Holland-Wempe, and Xánath Caraza

MOUTHFEEL PRESS

EL PASO, TEXAS

Acknowledgements

Thank you to the editors of literary journals, anthologies, websites, in which some of the short stories of this volume have appeared.

"Agua pasa por mi casa, a mi casa se viene a soñar" in *Círculo de Poesía* and *Paralelo Sur*

"Flor en la bruma" *El Cid, Sociedad Nacional Honoraria Hispánica, Edicion XVI, 2004, (Spanish only)* and *Antiquechildren.com (Spanish and English)*.

"Cuando pasa la iguana" and "When the Iguana Passes By" in *Quercus Review* and *Revista Zona de Ocio*

"La canción de la lluvia" in *Más allá de las fronteras* (Ediciones Nuevo Espacio, 2004) and *Cuentos del Centro: Stories from the Latino Heartland* (Scapegoat Press, 2009)

"The Song of Rain," "Flor entre la bruma," "Flower in the Mist," "Scofield Hall 207" in *Cuentos del Centro: Stories from the Latino Heartland*

"En el Café de la calle Huanjue Xiang" *Woman's Work: The Short Stories* (Girl Child Press, 2010), and *Cuentos del Centro: Stories from the Latino Heartland*

"Landing" in *BorderSenses Literary Journal, 2013*

Lo que trae la marea / What the Tide Brings
Copyright © Xánath Caraza, 2013

All rights retained by the author. No part of this book may be reproduced without written consent by the author or the publisher.

Cover Art: "Sobre las olas" by Lorenia Tamborrell. Water color, 13"x 9", with permission by the author
Cover Design: Creative Gong, LLC, El Paso, TX

Mouthfeel Press is a bilingual press publishing works in English and Spanish by new and established poets. We love innovative, experimental, contemporary forms, and engaging themes such as gender, sex, culture, language, folklore, spirituality, politics, art, and borderland issues. Our books are available through our website, Amazon.com, at selected bookstores, author readings, Small Press Distribution at www.spdbooks.org

Contact information:
www.mouthfeelpress.com
Info-editor@mouthfeelpress.com
mouthfeelpress@yahoo.com

Published in the United States, 2013
First Edition
ISBN: 978-0-9844268-8-1 / $14.95

MOUTHFEEL PRESS

CONTENTS

Para Steve

This is the palace where I've learned to survive…

…where the sound of the sea is the sound I think with…

T. Villanueva

Para

Emilio, Rafa, Elvira

y La Jordana

FOREWORD

Lo que trae la marea, *What the Tide Brings* gathers compelling and memorable stories by Xánath Caraza, a writer whose acute sense of narrative and incisive characters linger in the reader's mind, or at least they did in mine. These stories gathered, like beads on a string, reflect the passions, *inquietudes*, those certain yearnings a writer harbors for her work, and those of the unique and compelling characters who people the various locations where the stories are set. Perla, for example, the protagonist of the title story set in the seaside town of Veracruz, Mexico, embodies an *añoranza*, a yearning for her absent parents as she revisits the town of her youth and rows out to sea to the music of haunting lyrics of her parents' song, *"Se vive solamente una vez...."* The song functions as a cohesive device on various levels, not only for the plot and as part of the storytelling, but also as a connection to memories of her parents. Occasional encounters with friends and others become enigmatic as Perla rows out to sea in the final scene of the story.

The same sense of foreboding fills the air in many of the stories in what could also be a tone of fatalism and doom at the same time as it is a glimpse of hope and light. Women. Words. Writing. These three W's are at the core of most of the stories, and the surreal quality in which the brief narratives swirl around the stories make it difficult to ignore the fact that they are indeed fiction. Cafés, the sea, and the seashore in a number of places—whether in Kansas City, Veracruz, China, or Barcelona—are settings where characters appear and disappear, where words guide and confuse. Words and characters challenge the reader to stay grounded in an often slippery ground of the real.

The women in the stories, from Perla in the title story to Venus in "Nezahualcoyotl," return to the sea as mermaids, *sirenas,* who have wandered on to earth. These women are also daughters, lovers, and most of all, writers and readers. In "*Después de los puentes/* After the Bridges,*"* Mariana from Guatemala, layers the "bridges" of the title into multivalent meanings: the obvious class differences across the bridge from where Mariana lives and where she works; her past life in Guatemala and the present one in Kansas City; the bridge between her mother and herself; the bridge between the children and their parents, and her own position within the world that is her life in the United States. She has "Mayan facial features... noticeable in her eyes and cheek bones." All of which mark her as one with her immigrant students and their parents but also distances her from them. The women in these stories are enigmatic, strong, complex, and memorable. They write, they speak, they think, and most of all, they act. Their words are at the crux of their actions. Aside from dwelling on my own reactions to the stories, I want to discuss Caraza's deft use of language, especially the way she employs language as a referent for voice and for agency.

Language play and language itself is at the core of "*Agua pasa por mi casa, a mi casa se viene a soñar/* Water Passes Through My House, It Comes to My House to Dream.*"* The play on words of the *adivinanza,* the riddle every child knows—refers to "*Aguacate,"* that fruit whose name in Nahuatl means "testicles." Ahuacatl. Still a vulgar reference. Language and water. The third person narrative plays with images, with time and with pre-Columbian characters and contemporary writers. Water is at the center of the action and is a unifying movement across time and space. The protagonist is the writer who pens the story, who tells of the floods, of Chac Mool and of Tecuixpo Ixtlaxochitl, Moctezuma's daughter. She is the writer who collects the story, describes and gives it life: "*Escribió Chac Mool, escribió lo que se había imaginado, se escribió a sí misma y poco a poco, comenzó a sentir en su cara la luz del amanecer, el olor a copal que se le impregnaba en la piel.*" She writes the history and the future. And as the story concludes: "*Agua pasa por mi casa, que pasó por mi casa, que no es aguacate, que es agua,*" the reader basks in the poetic language and in the certainty that *Aguacate* it is NOT. I for one will never hear the familiar riddle the same way.

The self-referential writing is pivotal to any discussion of how Caraza weaves stories, creating the reality of the story firmly grounded on the word, the written word more specifically. So words and writing signify existence. When we read that the protagonist of "*Al Aterrizar*/Landing" is a passenger in a plane who reads a book titled *Lo que trae la marea,* we know that her fellow passengers, two young Chinese girls and an older woman wearing an orange dress, signify more than the obvious cultural clash or confluence. Indeed, as the plane lands and they deplane, "a man sporting a white blazer with blue pinstripes and a sullen expression trips over a book, ripped now by the wheels on his suitcase," that we know is the book that she was reading, that we are reading.

In "Scofield 207," the narrator stupefied by what is happening finally succumbs and allows herself to be "pulled (by a character) into the lined page that had stains of black ink," a character that is literally writing herself onto the paper. "I was the character of the story; that was my hand. I did not exist there, outside. I now only existed on paper. I had been born with that story and now it was time to go back home."

In "*Primer viernes en Kansas City*/First Friday in Kansas City" a writer who remains nameless (she is "the writer") finds that the story she is writing—the italicized text—blends with her own existence. Expertly woven, the two narratives—the one being written and the one of the author writing the story—fuse as the character in the story mouths words the protagonist thinks and says; she sees what she has written take life as a couple kisses and the woman's eyes meet the writer's and lock and "*Los intensos ojos de la mujer se grabaron en la memoria de la escritora ....*" As the story ends enigmatically, the writer tucks "the book, *First Friday in Kansas City,* under her arm."

Many of the stories in the collection are laden with a political commentary. Such is the case of the companion pieces, the subtle but evocative stories, "*Flor entre la bruma*/Flower in the Mist" and "*Otra vez el Tango*/Tango Again." The concluding sentences of the former shocks the reader with the realization that the protagonist is remembering a woman as he is being tortured. The latter offers a ray of hope as a couple has been presumably rescued from political oppression and is being flown to Kansas City; the woman narrator in this case offers a sense of hope cradled in the memory of a song, this time it is a favorite tango the couple used to dance to before, when they were wooing. Thus, the memory alludes to beginnings, to a sense of hope as the couple and all who accompany them on the trip are on the brink, at the outset of a new life in the United States. This brings me to another key idea, that of the de-territorialized subject who moves among shadows but is also anchored in her or his past. Similarly, "*Después de los puentes/ After the Bridges*," subtly but forcefully shows the lives of the migrants to Kansas City, and through food (her morning coffee to the *gorditas*) and music (from the *Sandunga* to Vicente Fernandez and Celia Cruz) hints at the differences.

Readers will meet the Poet King Nezahualcoyotl in the streets of Barcelona as does Venus the protagonist of the story who yearns to speak to him, to enjoy his presence and his poetry. They amble along the streets and view the sea, and Venus, completely taken by him, disappears slowly as he recites his poems. She becomes the words as her body appears tattooed with poetry, so all that remains of her are his words. Words that float and become one with the air, and as he walks into the sea, Venus is no more. Nezahualcoyotl's poetry has consumed her body and soul, and she returns to the sea—her name is an obvious allusion to the mythic Venus who was born of the sea. The reader will also learn of Moctezuma's daughter mentioned above and of Catarina de San Juan, the legendary China Poblana. Thus, we can say that Caraza's magical stories weave history, folklore, and legend as it too creates new characters.

Employing a subtle figurative language full of adjectives and poetic language, imagery and sensory detail, the author creates a world that readers enter willingly albeit cautiously. What is this story that asks that we suspend disbelief and accept that the protagonist meets Nezahualcoyotl in Barcelona? Or that we believe that a writer could meet her characters outside of a café in Kansas City? Written in Spanish and translated by the author, Xánath Caraza, in addition to two other translators, Stephen Holland-Wempe and Sandra Kingery, the stories exemplify a rhetoric of creative construction that dwells in the fantastic. Given the attention to their importance, to their careful selection, it is no surprise that the words themselves become the focus of some of the stories. Just as the woman character in "*Al aterrizar*/Landing" is reading a book titled *Lo que trae la marea* and the character in "*Primer viernes en Kansas City*/First Friday in Kansas City" tucks a book with the same title under her arm, we the readers reflect on the stories we read and become complicitous with the author in creating the characters, and the seemingly plot-less narratives that pulls us to complete the plot lines into our own lives.

In some ways these stories bring to mind the narratives of writers like Alejo Carpentier, Borges, Fuentes, or Ana Castillo or the science fiction of Gloria Anzaldúa, the paintings of Remedios Varo, the films of Luis Buñuel, all of which share the same enigmatic and ephemeral tone. I am struck by the dreamlike quality of the stories, the author's skill, and the deft use of words to elicit mood. Perhaps it is due to the phantasmagoric nature of the stories that I came away from these stories with a sense of wonder and of yearning. I too wanted to see the turquoise feathered bird, smell the subtle scent of copal, taste the cinnamon coffee and listen to the waves beating against the shore. And as I read, I could actually sense these enigmatic sensual touchstones.

The reader coming to Caraza's stories is in for a treat. Reading this collection makes one ponder how words are magic and writing is a magical exercise that can transport the reader to imagined worlds and to dreamlike terrains. The world of reality is enhanced by reading Caraza's stories. Enjoy the stories and allow the words to carry you like water to the depth of your own imagination.

Norma Elia Cantú
University of Missouri-Kansas City

PREFACIO

Lo que trae la marea, What the Tide Brings recopila cuentos persuasivos y memorables por Xánath Caraza, una escritora cuyo agudo sentido de la narración y personajes incisivos se quedan en la mente del lector o por lo menos se quedaron en la mía. Estos cuentos agrupados, como cuentas en un hilo, reflejan las pasiones, inquietudes, ciertos anhelos los cuales una escritora alberga por su trabajo y por los personajes únicos y convincentes que habitan los varios sitios donde los cuentos están localizados. Perla, por ejemplo, la protagonista del cuento que le da título a la colección y que se ubica en el pueblo costero de Veracruz, México, encarna una añoranza, un deseo por sus padres ausentes al tiempo que revisita el pueblo de su juventud y rema hacia el mar con la música de la letra inolvidable de la canción de sus padres, *"Se vive solamente una vez..."* La canción funciona como una estrategia cohesiva en varios niveles, para la trama, como parte del contar el cuento y todavía como una conexión a los recuerdos de sus padres. Encuentros ocasionales con amigas y otros se vuelven enigmáticos al tiempo que Perla rema mar adentro en la escena final del cuento.

El mismo sentimiento de premonición inunda la atmósfera en muchos de los cuentos, lo cual pudiera ser también un tono de fatalismo y muerte al tiempo que capta un destello de esperanza y luz. Mujeres. Palabras. Escritura. Estas tres palabras están en el centro de la mayor parte de los cuentos y la calidad surrealista en la que las narrativas breves se desplazan alrededor de los cuentos hace difícil ignorar el hecho de que en realidad son ficción. Cafés, el mar, y la orilla del mar en varias locaciones–ya sea en la ciudad de Kansas, Veracruz, China o Barcelona—son lugares donde los personajes aparecen y desaparecen, donde las palabras guían y confunden. Palabras y personajes retan al lector a permanecer anclado en una base frecuentemente inestable de lo que es lo real.

Las mujeres en los cuentos, desde Perla en el cuento del título hasta Venus en "Nezahualcoyotl", regresan al mar, como mujeres peces, sirenas, quienes han recorrido la tierra. Estas mujeres son también hijas, amantes, y sobre todo, escritoras y lectoras. En "Después de los puentes/*After the Bridges",* Mariana de Guatemala, coloca los "puentes" del título en capas, creando significados multi-valentes: la diferencia de clase obvia a través del puente donde vive Mariana y donde ella trabaja; su vida pasada en Guatemala y la presente en la ciudad de Kansas; el puente entre su madre y ella misma; el puente entre los niños y sus padres y su propia ubicuidad dentro del mundo de lo que es su vida en los Estados Unidos. Ella tiene "rasgos mayas…se le notan en los ojos y los pómulos de la cara". Todo esto, tanto la hace una con sus estudiantes emigrantes y sus padres, como al mismo tiempo la distancia de ellos. Las mujeres en estos cuentos son enigmáticas, fuertes, complejas y memorables. Estas mujeres escriben, hablan, piensan y la mayor parte de ellas actúan. Sus palabras están en el punto crucial de sus ac-ciones. Aparte de enfocarme en mis propias reacciones a los cuentos, quiero discutir el uso diestro del lenguaje, especialmente la manera en que Caraza emplea el lenguaje como un referente para voz y agencia.

El juego de lenguaje y el lenguaje por sí mismo son el corazón de "Agua pasa por mi casa, a mi casa a se viene a soñar/ *Water Passes Through My House, It Comes to My House to Dream"*. El juego de palabras de la adivinanza, el acertijo que cada niño conoce—se refiere a "Aguacate", la fruta cuyo nombre en nahuatl significa "testículos". Ahuacatl. Aún una referencia vulgar. Lenguaje y agua. La narrativa en tercera persona juega con imágenes, con el tiempo y con personajes precolombinos y escritoras contemporáneas. El agua está al centro de la acción y es un movimiento unificador a través de tiempo y espacio. La protagonista es la escritora quien escribe el cuento, quien cuenta de las inundaciones, de Chac Mool, de Tecuixpo Ixtlaxóchitl, la hija de Moctezuma. La protagonista es la escritora quien recoge el cuento, quien describe y da vida: "Escribió Chac Mool, escribió lo que se había imaginado, se escribió a sí misma y poco a poco, comenzó a sentir en su cara la luz del amanecer, el olor a copal que se le impregnaba en la piel". Ella escribe la historia y el futuro. Al concluir el relato: "Agua pasa por mi casa, que pasó por mi casa, que no es aguacate, que es agua", el lector se deleita en el lenguaje poético y en la certeza de que Aguacate NO es. Yo por lo menos nunca oiré el tan familiar acertijo de la misma manera.

La escritura auto-referencial es esencial para cualquier discusión de cómo es que Caraza entreteje cuentos, creando la realidad del cuento firmemente arraigada en la palabra, la palabra escrita más específicamente. Entonces, palabras y escritura significan existencia. Cuando leemos que la protagonista de "Al Aterrizar/ *Landing"* es una pasajera en un avión quien lee un libro titulado *Lo que trae la marea*, sabemos que sus compañeras de viaje, dos jóvenes chinas y una mujer mayor que lleva un vestido anaranjado, significan más que el obvio choque cultural o confluencia. Ciertamente mientras el avión aterriza y bajan de éste, "un hombre con un saco blanco con rayas azules, de gesto adusto, tropieza con un libro, ahora deshojado, entre las ruedas de su maleta", que sepamos, es el libro que ella estaba leyendo, que nosotros estamos leyendo.

En "Scofield 207" la narradora estupefacta ante lo que está pasando finalmente sucumbe y se permite ser "arrastrada (por un personaje) hacia la hoja con líneas y manchas de tinta negra", un personaje que está literalmente escribiéndose a sí misma en el papel. "Yo era el personaje de la historia, esa era mi mano, yo no existía allá afuera, sino en el papel. Yo había nacido con esa historia y ahora era tiempo de regresar a casa".

En "Primer viernes en Kansas City/ *First Friday in Kansas City*" una escritora que permanece anónima (ella es "la escritora") descubre que la historia que está escribiendo—en cursivas en el texto—se funde con su propia existencia. Ambas narrativas entretejidas con gran destreza—la que está siendo escrita y la de la autora escribiendo la historia—se fusionan al tiempo que el personaje en la historia articula palabras que la protagonista piensa y dice; ella ve que lo que ha escrito cobra vida, una pareja se besa y los ojos de la mujer se cruzan con los de la escritora y se enganchan y "Los intensos ojos de la mujer se grabaron en la memoria de la escritora...." Mientras la historia termina enigmáticamente, la escritora se coloca "bajo el brazo el libro, *Primer Viernes en Kansas City*".

Muchos de los cuentos en la colección están cargados con un comentario político. Tal es el caso de las piezas de compañía, los sutiles pero evocativos cuentos, "Flor entre la bruma/ *Flower in the Mist*" y "Otra vez el tango/*Tango Again*". Las oraciones finales del primero conmocionan al lector con la comprensión que el protagonista está recordando una mujer mientras él está siendo torturado.

El último ofrece un rayo de esperanza cuando una pareja ha sido presumiblemente rescatada de la opresión política y es llevada por avión a la ciudad de Kansas; la mujer narradora en este caso brinda un sentimiento de esperanza acuñado en el recuerdo de una canción, esta vez es el tango favorito que la pareja solía bailar antes, cuando estaban cortejándose. Por lo tanto, el recuerdo alude a los principios, a un sentimiento de esperanza mientras la pareja y todos los que los acompañan están al borde, al inicio de una nueva vida en los Estados Unidos. Esto me lleva a otra idea clave, la del sujeto desterrado quien se mueve entre sombras pero está también anclado en su pasado. De igual manera, "Después de los puentes/*After the Bridges*", sutil pero contundentemente muestra las vidas de emigrantes en la ciudad de Kansas, y a través de comida (su café de la mañana hasta las gorditas) y la música (desde la Sandunga hasta Vicente Fernández y Celia Cruz) repara en las diferencias.

Los lectores conocen al rey poeta, Nezahualcoyotl, en las calles de Barcelona como lo hace Venus, la protagonista del cuento, quien anhela hablar con él y disfrutar de su presencia y su poesía. Pasean en las calles y ven el mar, y Venus, completamente cautivada por él, desaparece lentamente mientras él recita sus poemas y ella se transforma en palabras mientras su cuerpo se llena de poesía tatuada en la piel; finalmente todo lo que queda son palabras, mientras el rey poeta recita. Las palabras flotan y se hacen una con el aire al tiempo que él camina hacia el mar, Venus ya no existe más. La poesía de Netzahualcoyotl ha consumido su cuerpo y su alma mientras ella regresa al mar—su nombre es una alusión obvia a la mítica Venus quien nace del mar. El lector aprenderá sobre la hija de Moctezuma mencionada anteriormente y sobre Catarina de San Juan, la legendaria China Poblana. Por lo tanto, podemos decir que los cuentos mágicos de Caraza entretejen historia, folklor y leyenda al tiempo que crean personajes nuevos.

Al emplear un sutil lenguaje figurado lleno de adjetivos y lenguaje poético, imágenes y detalles sensoriales, la autora crea un mundo al que el lector entra voluntariamente no obstante cautelosamente. ¿Qué es este cuento que pide que suspendamos la incredulidad y aceptemos que la protagonista se encuentre con Nezahualcoyotl en Barcelona? O que creamos que una escritora, ¿pueda encontrar a sus personajes fuera de un café en la ciudad de Kansas? Escritos en español y traducidos por la autora, Xánath Caraza, además de otros dos traductores, Stephen Holland-Wempe y Sandra Kingery, los cuentos ejemplifican una retórica de la construcción creativa que reside en lo fantástico. Dada la atención a su importancia, a su cuidadosa selección, no es sorpresa que las palabras por sí mismas se conviertan en el foco de algunas de estos cuentos. Así como el personaje mujer en "Al Aterrizar/*Landing*" está leyendo un libro titulado *Lo que trae la marea* y el personaje mujer en "Primer Viernes en Kansas City/*First Friday in Kansas City*" coloca bajo el brazo un libro del mismo título, nosotros los lectores reflexionamos en los cuentos que leemos y nos convertimos en cómplices de la autora al crear los personajes y las narrativas aparentemente sin trama que nos arrastran para completar la trama dentro de nuestras propias vidas.

De alguna manera estos cuentos me llevan a las narrativas de escritores como Alejo Carpentier, Borges, Fuentes o Ana Castillo o la ciencia ficción de Gloria Anzaldúa, las pinturas de Remedios Varo, las películas de Luis Buñuel con quienes comparte el mismo tono enigmático y efímero. Me llama mucho la atención la calidad onírica de los cuentos, y la habilidad de la autora, el hábil uso de las palabras para provocar estados de ánimo. Quizá se deba a la naturaleza fantasmagórica de los cuentos que yo haya salido de éstos con un sentimiento de maravilla y de anhelo. Yo también quería ver el pájaro de plumaje turquesa, oler la sutil esencia del copal, probar el café con canela y escuchar las olas batirse en la playa. Y mientras leía, sentía estos puntos de referencia sensuales y enigmáticos.

El lector que viene a los cuentos de Caraza va a tener un agasajo. Al leer los cuentos nos ponderamos cómo las palabras son mágicas y escribir es un ejercicio mágico que puede transportar al lector a mundos imaginados y a terrenos oníricos. El mundo de la realidad se realza al leer los cuentos de Caraza. Disfruten los cuentos y permitan que las palabras los lleven como el agua a las profundidades de su propia imaginación.

Norma Elia Cantú
University of Missouri-Kansas City

LO QUE TRAE LA MAREA

What the Tide Brings

MARRUECOS

Carlos Fuentes y sus recuerdos murieron el mismo día que Metztli se embarcó para Marruecos.

MOROCCO

Carlos Fuentes and her memories died the same day that Metztli left on a boat for Morocco.

VOCES EN EL MAR

La estación de autobuses de Chetumal estaba llena de gente. El calor del mediodía y la humedad del mar apenas y dejaban respirar. Soledad llevaba en el cuello el dije que Armando le había entregado la noche anterior como prueba de su amor. Lo tomó con la mano derecha y se lo puso en la boca, lo quería devorar, al tiempo que recordaba cuando le dijo que voces en el mar pronunciarían sus nombres eternamente. En el puño constreñido de la izquierda llevaba el poema que él le había escrito. Armando nunca se percató de eso, la abrazó con fuerza por última vez sin saberlo. Soledad le respondió con lágrimas en los ojos y dejó caer el dije. Le dio un beso prolongado, inmaculado, sensual, el último. Se subió al autobús con el corazón destrozado y lo vio quedarse en la estación. Con ansiedad disimulada, Armando la empezó a buscar desde afuera pero una barrera de cristales polarizados no le permitió verla más. Desde su asiento, con los ojos llorosos, lo observaba en silencio y recordaba el inconfundible batir de las olas mezclado con ese último beso mientras escuchaba el ruido del motor que empezaba a arrancar. Contuvo un sollozo y un dolor agudo le traspasó el corazón. El autobús partió en punto a la una de la tarde, dejando tan sólo huellas de humo que se fueron desvaneciendo con la lluvia que, inesperadamente, comenzó a caer.

VOICES IN THE SEA

The bus station in Chetumal was crowded. Breathing was challenging because of the midday heat and the moisture from the sea. Soledad had the charm that Armando had given her the night before as evidence of their love. She held the charm with her right hand and placed it in her mouth. She wanted to devour it. She remembered when he told her that the voices in the sea would chant their names eternally. In her tight left fist he had the poem he had written for her. Armando never realized this. He embraced her tightly for the last time, and Soledad responded with tears in her eyes; she let the charm fall back on her neck once again. She kissed him one last time, immaculately and sensually. She boarded the bus with a broken heart and saw him stay in the station. With anxiety hidden, Armando searched for her, but the tinted windows of the bus did not allow him to see her anymore. As the bus revved, she watched him, with tears in her eyes and in silence, remembering the unmistakable beat of the waves mixed with that last kiss. Soledad subdued a sob, and a sharp pain pierced her heart. The bus left exactly at one in the afternoon, leaving only ephemeral traces of smoke that disappeared with the rain that began to fall unexpectedly.

LO QUE TRAE LA MAREA

Sus ojos cafés y la profundidad de su mirada contrastaron con el fondo blanco de la taza de porcelana barata de la que ella bebía. Perla vislumbro su propia mirada al tiempo que acababa el último sorbo de líquido rojo, como el atardecer que la rodeaba. Primero vio las asertivas cejas y luego el contorno de los ojos. Sorbió lo que quedaba en la taza. Estaba frío. La imagen alargada e irreal de sí misma la intrigó. Se concentró aún más en los ojos, en su regreso, en la desaparición de sus padres, en las últimas semanas en la playa.

—¡Qué daría por ser la niña de tus ojos! -Escuchó decir a un pescador de edad avanzada que desembarcaba la pesca del día en el muelle por donde caminaba aquel domingo por la tarde. Eran pasadas las tres. El sol ya no pegaba tan fuerte pero Perla todavía podía sentir la humedad escurriéndose por entre el cuerpo. Llevaba un vestido verde de algodón, escotado y sin mangas. El cabello recogido, los ojos apenas retocados y la boca pintada con un tono rosita. La piel bronceada le brillaba con el sudor. Apresuró el paso al escuchar el piropo y se alegró de descubrir a lo lejos a Edith y Adi sentadas en la arena húmeda. Alzaron los brazos cuando la vieron y una repentina felicidad la invadió, gustosa caminó hacia ellas.

Hacía dos años que no las veía. Las conoció antes de dejar el puerto de Veracruz. Mientras hablaban y se ponían al corriente de sus vidas, con discreción comentaron que pensaban que se la había tragado el mar. Bromeando dijeron que era como las conchas y los caracoles marinos: la marea los prestaba un rato y se los volvía a llevar. No hizo caso. Estaba feliz de volverlas a ver.

La mayor parte de su vida la había pasado en el Puerto de Veracruz. Había crecido entre el carnaval con confeti multicolor, los bailes públicos de domingos de danzón y los atardeceres en la playa. Sus padres desaparecieron cuando Perla tenía tan sólo cuatro años.

De ellos guardaba varios recuerdos; la risa explosiva de su madre en la cocina cada vez que su padre llegaba con pescado fresco para la noche y su entusiasmo para diseñar el menú. Pensaba en voz alta cada paso del platillo que cocinaría, haciendo de cada noche una celebración con el mojo de ajo, el arroz blanco, poroso y humeante que apenas aderezaba con epazote y más ajo. Los plátanos maduros fritos tampoco podían faltar. Perla llevaba consigo tanto el intenso color amarillo de los plátanos maduros como el aroma azucarado de éstos al freírlos combinado con el de ajo grabados en su memoria.

Después de cenar su padre salía al pórtico de la casa. Se sentaba en un banco alto de madera pintado de verde oscuro y a la luz del quinqué remendaba las redes para pescar que siempre necesitaban composturas. Usaba sus ágiles manos y una aguja de hueso tallado. Amarraba las redes desde el techo y las dejaba caer como una lluvia de telarañas brillantes para empezarlas a reparar. Su madre se sentaba en el escalón de la puerta a verlo trabajar mientras hablaban del día, la tenía entre sus brazos. Perla aspiraba, del cabello de su madre, una combinación de ajo y pescado frito mezclado con el calor de sus abrazos. El sonido de sus voces y risas la arrullaban.

Cuando había luna llena los tres caminaban por la playa. Su madre, con falda entallada y blusa escotada. Su padre, con pantalones doblados hasta las pantorrillas, la camisa abierta y sombrero de palma que, que como un ritual, se ponía al salir de casa sin importar que fuera de noche o de día. Aquel sombrero que con la brisa marina salía volando y Perla corría para alcanzarlo, comenzando así una carrera en serie: su madre tras de Perla y su padre riendo tras de su madre. Concluían esa carrera loca con un abrazo apretado con cara al mar, los pies medio enterrados en la húmeda arena y la luna llena bañándolos con su resplandor; al tiempo que marcaba un camino de plata entretejido con el rugir azul de las olas.

Antes de las seis y media de la mañana su padre estaba listo para ir al mercado de mariscos con sus dos cestas de mimbre llenas de pescado fresco e iridiscente, caracoles de conchas de diferentes tamaños y grises pulpos que todavía brillaban por su frescura. Después regresaba a casa, donde su madre lo esperaba con un café bien caliente condimentado con una rajita de canela, como a él le gustaba. Las manos veloces de su madre hacían las mejores tortillas de maíz recién molido para el desayuno, golpeando la mesa de madera de mangle cada vez que aventaba una bola de masa, creando un ritmo ancestral.

Más tarde su padre regresaba al mar. Se adentraba en lo azul profundo para obtener la pesca de la tarde. Su piel morena contrastaba con la camiseta blanca sin mangas que reflejaba la luz del sol a lo lejos. Mientras tanto, su madre salía al centro de la ciudad. Perla iba con ella, siempre de la mano y con la emoción de una aventura más. Su madre era ayudante de costurera. Sus manos expertas tocaban una urdimbre colorida que no cesaba de moverse; transformando tela e hilos multicolores en verdaderas obras de arte.

Los domingos la rutina era otra. Para salir, su madre se ponía el vestido con escote amplio, sin mangas, entallado, que le llegaba arriba de las rodillas y que combinaba con lo moreno de su piel. El vestido que le hacía resaltar la cadera y hacía que su padre se le acercara por la espalda. Él le decía quién sabe qué cosas al oído, a la vez que le besaba el cuello y provocaba que su madre explotara en carcajadas y le contestara con un beso prolongado en la boca.

Su padre se ponía su guayabera blanca de manga corta con botones de concha nácar y su paliacate rojo alrededor del cuello. Antes de salir se acomodaba el sombrero. Su andar erguido y brazos esbeltos pero musculosos completaban el juego de tonos morenos y blancos.

Caminaban por la ciudad y para el anochecer remataban en el parque para el baile público del fin de semana. Los domingos la banda de la ciudad tocaba danzones para todos. Su madre la cargaba entre sus brazos y Perla tomaba de la mano a su padre y los tres, al ritmo de danzón, bailaban a la luz de los faroles coloniales que alumbraban con una tenue luz amarilla. Siempre pensó que sus padres se amaban con pasión. Sentía vibrar el amor de ellos cuando "Amar y vivir", su canción favorita, empezaba a entonar. Su padre cantaba en voz baja, casi susurrándole al oído a su madre, mientras ella le correspondía en silencio, mirándolo fijamente a los ojos mientras bailaban:

"…Se vive solamente una vez, hay que aprender a
querer y a vivir, hay que saber que esta vida se aleja
y nos deja llorando quimeras. No quiero arrepentirme
después de lo que pudo haber sido y no fue, quiero
gozar esta vida teniéndote cerca de mi hasta que mueras…"

La vida cotidiana cambió un domingo de junio, cuando los visitó la abuela. Decidieron quedarse en casa para celebrar a la recién llegada. Planearon para el atardecer ir a meterse al mar pero antes, para la comida, el padre de Perla decidió salir en su bote a pescar algo fresco. Con suerte un par de huachinangos satisfarían su antojo. Sin pensarlo mucho se embarcó, no sin antes tomar a su mujer de la mano y llevarla con él. Perla se quedó con la abuela con lágrimas en los ojos, conteniendo en su mano el impulso natural de salir tras ellos.

La madre de Perla sonreía mientras se iba alejando. Con su mano derecha le decía que no tardarían, intentando consolarla desde lejos. Su padre cantaba a viva voz, "Amar y vivir", conforme se alejaban.

Esa fue la última imagen que tuvo de ellos. Después de una hora de haber salido, el clima cambió. Primero, el mar se quedó mudo, pasivo, sin ninguna ola, se veía como un espejo. Más tarde una tormenta cubrió súbitamente el cielo azul. Todo se oscureció, el viento ululó como nunca, chocando contra el agua de manera muy violenta. Finalmente la lluvia empezó a caer y por tres días consecutivos no paró. Nadie volvió a ver a los padres de Perla. Nada ni nadie pudo hacer nada, ni siquiera los pescadores vecinos con sus pequeñas embarcaciones pudieron salir a ayudar. Llovió constantemente con el cielo negro de día y de noche. El mar estaba furioso y en su furia se los tragó.

Después de la tormenta y los fallidos intentos de búsqueda, la abuela se llevó a Perla a su casa en otro rincón de la ciudad, donde no se alcanzaba a ver el mar por más que se alzara la mirada.

Durante el primer año regresaban cada domingo a la casa de sus padres. Abrían ventanas y puertas y Perla jugaba en la playa donde les dijo adiós. A veces se sentaba en la arena gris, casi negra y juntaba algunas conchas y caracoles que la marea hubiera traído. Otras, se quedaba parada frente al mar en silencio, hasta la puesta del sol, esperando inmóvil, inútilmente, que sus padres regresaran.

Con el paso del tiempo, la frecuencia de las visitas a la casa de sus padres fue perdiéndose. Cada año que pasó su cuerpo y su mente iban cambiando. Cuando cumplió diecinueve años decidió vivir en la casa de su niñez. Por encima del desacuerdo de la abuela se instaló una vez más en la casa frente al mar. Se mudó a la casa con dos ventanas y puerta de madera oscura, con paredes gruesas pintadas de verde pistache que de ahora en adelante Perla abriría tantas veces como lo deseara.

Después de la marea le gustaba caminar por la solitaria playa. Recogía conchas y caracoles, los menos comunes, para llevarlos con ella. Por las noches se sentaba a la mesa del pórtico con un quinqué iluminando la inmensa oscuridad. Solía dejar que la brisa marina la cubriera y le alborotara el pelo mientras escuchaba el rugido continuo de las olas romperse en la playa. Observaba con detalle las conchas y caracoles que cuidadosamente había recogido. Le gustaba recorrerlos con los ojos cerrados y descubrir las hendiduras y diseños de cada uno de ellos con las yemas de sus dedos. Jugaba con ellos, los tomaba entre sus manos, los agitaba y los arrojaba sobre la superficie de la mesa de madera para observar las combinaciones fortuitas que se formaban. Cada vez era diferente de la anterior. En cada lanzamiento, las posiciones y el acomodo de las conchas y caracoles le provoca-ban una fascinación indescriptible.

De juego y práctica casual por las noches se convirtió en una gran necesidad. Poco a poco las conchas y caracoles le empezaron a susurrar sus secretos. Las arrojaba sobre la superficie desnuda de la mesa y podía ver imágenes; aparecían pensamientos en su mente acerca de preguntas que tenía. Si necesitaba saber algo, se lo dirían. Sabía lo que pasaría. Esas imágenes la fortalecían, le daban un do-minio sobre lo que estaba a su alrededor, un sentimiento que nunca antes había experimentado.

Esa fortaleza interna, que anteriormente no tenía, la alejó

del mundo exterior. Cada vez frecuentaba menos la ciudad. Veía menos sus calles anchas, sus anaranjados flamboyanes y el paso rápido de su gente. Tenía su casa, la casa de sus padres y ante todo su amado mar, su mar azul, su mar profundo. Los días eran largos y los aprovechaba al máximo. Daba la bienvenida al amanecer nadando y por un par de horas más continuaba en él. Salía a pescar a mar abierto. Recibía a la oscuridad leyendo sus conchas y caracoles. Los interpretaba, escuchaba, adoraba. Cuando la parte más oscura de la noche llegaba, se desnudaba y regresaba a su intenso mar. Sentía la templada agua salada acariciarle cada centímetro de la piel.

Una de esas noches se adentró al mar más de lo acostumbrado. No había luna llena. Todo estaba demasiado oscuro. El agua era densa, casi negra. Tomaba bocanadas de aire y se sumergía en la oscuridad del agua, no veía nada, sólo sentía lo frío de la oscuridad en el cuerpo. Esa noche descubrió que podía pasar largo tiempo sin respirar bajo el agua. Empezó a alejarse más y más de la orilla, únicamente con la consciencia de que penetraba con más profundidad en el oscuro líquido. Sin esperarlo se enfrentó con algo, no pudo distinguir qué era y antes de poder darse cuenta le mordió el vientre una y otra vez. Lo desgarró y dejó sueltas sus entrañas ahora adoloridas. Enseguida sintió cómo el aire le empezaba a faltar, el vientre le dolía aún más y la sal carcomía sus vísceras expuestas e incompletas. Después dio un par de mordidas en ambas manos haciéndolas desaparecer. Luego perdió el pie derecho. El dolor era insoportable y el aire le faltaba. Su mirada buscaba en vano la luz y apenas pudo distinguir cuando todo el brazo izquierdo se desprendió del resto de su cuerpo. Fue entonces cuando despertó.

Despertó en la orilla de la playa con rayos de luna cobijándola, el cuerpo cubierto de arena y esporádica espuma blanca que le llegaba hasta los muslos. Los rayos de luna creaban una línea nacarada alrededor de todo su cuerpo. Se levantó con mucho frío y la boca con sabor a sal. Caminó desnuda hasta la casa y allí trató de conciliar el sueño una vez más. A la mañana siguiente la superficie de la playa estaba cubierta por miles de pequeños pescados plateados muertos. Pensó que la marea los había traído la noche anterior.

A partir de esa noche sus pesadillas no pararon. Fue entonces cuando conoció a Edith y a Adi, quienes con su fortaleza le hicieron disfrutar la vida. Más aún las pesadillas no cesaron y las conchas le seguían hablando, se agitaban solas sino las ponía entre sus manos, robándose en cada toque un poco de su voluntad. La realidad se hacía borrosa ante la vista de Perla. Sólo la consolaba su abismal mar. Pasaba la tarde amándolo, mirándolo, se zambullía en él y por las noches repetía su ritual. Ya no esperaba más a que llegara la luna llena. Cada noche se desnudaba y se entregaba a su mar, se hacía una con él y poco a poco se iba mezclando con la sal de su agua y frágil espuma blanca que brotaba de éste. Se iba incorporando a su fluidez, lo empezaba a sentir en las rojas venas.

Pero cuando veía a Edith y Adi la regresaban a los sonidos verdes de las calles y largas caminatas por la ciudad. Sin embargo, sentía una lucha en su interior, sólo quería estar con su mar, su mar azul. Al mismo tiempo, el bullicio de las calles y el olor de los mercados eran la otra parte de ella. Perla sin pensarlo mucho se alejó del mar, se fue del puerto de Veracruz, huyó de él, de su amado mar. Lo dejó pensando en no volver jamás.

Dos años pasaron y ese domingo por la tarde, después de escuchar el piropo del pescador, se encontró con Edith y Adi en la playa. Hablaron de esos dos años. Perla les contó qué había visto, tocado y sentido en los lugares que visitó donde no había mar. Hablaron por largas horas. Fueron al centro de la ciudad, como antes solían hacerlo, se sentaron en un café para continuar su charla. Las horas pasaron volando y pudo agradecerles su amistad. Lo que Perla no les mencionó fue que entre más se alejaba del mar su recuerdo se intensificaba.

Las semanas que siguieron a ese encuentro, Perla visitó todos los rincones de la ciudad que casi había olvidado. Caminó entre las calles y vendedores ambulantes. Comió piña fresca en el parque y bailó con la banda de música en las tardes rojas de danzón. Saboreó una vez más el agua de coco fresca a la sombra de un flamboyán anaranjado.

El domingo llegó nuevamente y con éste una ola de calor extraordinaria. Era tal el calor que incomodaba a cualquiera que caminara por las calles. Decidió refrescarse y compró un jugo embotellado sabor cereza. Su color rojo, como el atardecer a su alrededor, y el sudor de la botella fría lo hacían aún más apetecible. No lo abrió y su sed se incrementó con cada pensamiento que formaba al imaginarse cada trago helado bajando por su garganta.

Al llegar a casa tomó una taza de boca ancha y vació parte del jugo en ésta. Bebió un par de tragos y descubrió su mirada reflejándose en el fondo. Perla se sirvió lo último del jugo y volvió a vislumbrar sus ojos difusos, con el contorno apenas visible, que la empezaron a embriagar. Su mirada se clavó en el fondo blanco, buscaba ansiosamente una figura definida de sí misma. Descubrirse difusa e irreal la sedujo, como seduce una serpiente a su presa antes de morir. Sintió, placenteramente, el líquido frío bajar por la garganta.

Salió al pórtico para disfrutar del rosado atardecer y majestuosamente una luna anaranjada fue gradualmente apareciendo en la oscura bóveda celeste. En el horizonte, el mar estaba callado, olas ligeras llegaban hasta la playa con su espuma brillante al reflejo de los rayos de luna. El cantar de las olas apenas y se percibía. Un viento cálido con olor a humedad marina le tocaba el rostro y le alborotaba el pelo suavemente. A lo lejos, mar adentro, un objeto que se movía con el ritmo suave de las olas atrajo su atención. Era una lancha que apenas se podía distinguir. Dejó que las olas terminaran el trabajo que la marea había comenzado y pacientemente esperó a que encallara en la playa. El tenue rugido amoroso del mar acompañaba su llegada. Perla no pudo controlar su curiosidad, se levantó y fue a ver qué era lo que la marea había traído en esta ocasión. Se acercó a la lancha, mientras el rugido amoroso del mar iba aumentando y empezaba a resonar en su pecho. La luna hacía que la arena brillara bajo sus pies desnudos. La piel se le erizó e inmediatamente un temblor la invadió cuando vio en la lancha un sombrero. El aire le empezó a faltar. Sí, era el sombrero de su padre. No podía ser de nadie más. Sintió dolor en el pecho. Era el mar, la marea lo había regresado. Obedeciendo a un reflejo se subió en la lancha, tenía que hacerlo, y empezó a remar.

Una canción conocida, sin estar segura de cuál, comenzó a sonar para sus adentros. Continuó entonándola hasta que las palabras tomaron forma en los pensamientos de Perla. "...se vive solamente una vez, hay que aprender a querer y a vivir, hay que saber que esta vida se aleja y nos deja llorando quimeras...".

Cada vez que los remos entraban al agua, la lancha se iba adentrando más a mar abierto. Se colocó el sombrero en la cabeza y continuó remando con energía y sin prisa. Sintió su cuerpo relajarse, llenarse de tranquilidad. En Perla, las palabras de la canción tomaron cada vez más fuerza y recordó con claridad cada una de ellas. Recordó los momentos en los que su padre se la cantaba a su madre, en los que su madre lo miraba fijamente a los ojos en silencio. Lo que Perla ya no pudo recordar fue cuándo soltó los remos para dejar de cantar.

WHAT THE TIDE BRINGS

Her deep brown eyes and the intensity of her gaze contrasted with the background of the cheap, white porcelain cup. Perla glimpsed at the reflection of her eyes as she sipped the last of the red liquid, like the dusk that surrounded her. First, she saw her assertive eyebrows and then the contour of her eyes. She sipped what was left in the cup. It was cold. The elongated and unreal image of herself intrigued her. She concentrated even more on her eyes, thinking of her return, to the disappearance of her parents, to the last few weeks at the beach.

"What I would give to be the apple of your eye!" She heard an old fisherman say as he unloaded the catch of the day onto the pier, where she walked that Sunday afternoon. It was after three o'clock. By then, the sun was not as intense, but Perla could still feel the moisture and heat running down her body. She wore a sleeveless, low-cut green cotton dress. Her hair was up, her eyes had the barest hint of makeup. Her lips had a tinge of pink lipstick, and her tanned skin glistened with perspiration. She quickened her pace when she heard a whistle and was delighted to see Edith and Adi, a short distance away, sitting on the wet sand. They raised their arms when they saw her. A sudden happiness overcame her, and she walked gladly toward them.

She had not seen them for two years. She met them just before leaving the port of Veracruz. As they spoke and caught up with each others' lives, Edith and Adi commented, with discretion, that they thought the sea had swallowed her up. They joked that she was like seashells and winkles, which the tide lent for a short period of time and took them again. Perla paid no attention to their comments. She was just happy to see them again.

Most of Perla's life had been spent in the port of Veracruz. She had grown up among the carnival of multicolored confetti, Sunday dances of danzón in the streets and sunsets on the beach. Her parents had disappeared when Perla was only four years old.

Of her parents, Perla only had a few recollections. She remembered her mother's explosive, contagious laughter emanating from the kitchen every time her father arrived with fresh fish for the evening's meal. Her mother planned the menu enthusiastically, thinking each step of the dish aloud, and making every dish a nightly celebration of fish in garlic sauce, white rice, porous and moist, and seasoned with just enough *epazote* and extra garlic. Ripe fried bananas were never missing either. Perla carried with her the memory of the intense yellow color of the ripe bananas that when fried produced a sugary aroma, which combined well with the scent of fried garlic. These colors and aromas were carved into her memory.

After dinner her father used to step out to the porch. He sat on a high wooden stool painted dark green, and by the light of a lantern, mended the fishing nets, which always needed fixing. He used his agile hands and a needle made from whittled bone. He tied the fishing nets from the roof and let them drop down like a gleaming rainfall of spider webs. Her mother sat on the front step and watched him work while they talked of the day. She held Perla in her arms, and Perla inhaled the scent from her mother's hair, a combination of garlic and fried fish mixed with the warmth of her arms. The sound of their voices and laughter lulled Perla to sleep.

When the moon was full the three of them walked along the beach. Her mother sported a tight-fitting skirt and low-cut blouse, while her father wore pants rolled up to his shins, a shirt that he left open, and a hat made of palm fronds that, as a ritual, he always wore on his way out of the house, no matter that it was day or night. His hat always seemed to be carried away by the sea breeze. Perla ran after it, and thus, started a chain where one person ran after another: her mother after Perla, and her father followed closely behind, laughing. They ended this crazy race with a hug, facing toward the sea, their feet partially buried in the moist sand, and the full moon shining down on them. At the same time, a silver path was outlined and interwoven with the blue crashing of the waves.

Before half past six in the morning, her father was always ready to go to the seafood market with two wicker baskets full of fresh and shiny fish, sea snails of different sized shells, and gray octopi that sparkled with freshness. Afterward, he returned home to Perla's mother who waited for him with very hot coffee flavored with a cinnamon stick, just as he liked. For breakfast, her mother prepared the best tortillas from freshly ground corn, her speedy hands pounded the dough on the mangrove wood table, creating an ancestral rhythm.

Later, her father usually returned to the sea. He entered the deep blue to catch fish for the evening. His dark skin contrasted with his sleeveless white shirt that reflected the sunlight in the distance. Meanwhile, Perla's mother set off for downtown. Perla went along with her, holding on to her hand, and thrilled with another adventure. Her mother was a seamstress assistant. Her expert hands worked the colorful warp ceaselessly, transforming multicolored fabric and thread into genuine works of art.

On Sundays their routine was different. To go out, Perla's mother wore a sleeveless, tight-fitting dress with a plunging neckline and a skirt that fell above her knee. The color of the dress matched the color of her skin and outlined her hips. Perla's father could not resist approaching her when her back was turned. He whispered sweet nothings in her ear, all the while kissing her neck, and she burst out laughing and gave him a long kiss on the lips.

Her father wore a white, short-sleeved *guayabera* with mother of pearl buttons and a red bandana tied around his neck. Before going out, he put his hat on just right. His upright walk and svelte but muscular arms completed the mix of his dark skin under his white *guayabera*.

They walked through the city and at dusk ended up at the park for the weekend dance that was open to the public. On Sundays the city's band played danzón songs. Her mother held Perla in her arms, and Perla took her father's hand. The three danced to the rhythm of danzón under the colonial street lamps that illuminated the park with a faint yellow light. She always thought that her parents loved each other passionately. She felt the fluttering of their love when *"Amar y vivir,"* their favorite song played. Her father sang softly, almost whispering into her mother's ear, while her mother, responding with silence, looked firmly into his eyes as they danced:

> *"...Se vive solamente una vez, hay que aprender*
> *a querer y a vivir, hay que saber que esta vida se*
> *aleja y nos deja llorando quimeras. No quiero*
> *arrepentirme después de lo que pudo haber sido y*
> *no fue, quiero gozar esta vida teniéndote cerca de*

mi hasta que mueras…"

Everything changed one Sunday in June when Perla's grandmother came to visit. They decided to stay home to celebrate her arrival. They planned to go swimming at dusk, but before dinner, Perla's father decided instead to go out in his boat to fish for something fresh. With any luck, a couple of red snappers would satisfy their craving. Without much thought, he embarked, but not without taking his wife's hand to take her along with him. Perla stayed with her grandmother, teary-eyed, resisting the impulse to run after them.

Perla's mother smiled as she sailed into the distance. She signaled with her hand that she would be right back, trying to console her from afar. Her father sang loudly, *"Amar y vivir,"* their favorite song.

This was the last image Perla had of them. An hour after they departed, the weather changed. First, the sea was silent, passive, and without waves. It looked like a mirror. Later, a storm suddenly covered the blue sky. Everything went dark. The wind howled as never before, colliding violently against the water. And then the rain came, and for three consecutive days did not stop. No one saw Perla's parents again. No one could help, not the neighbor fishermen with their small boats. It rained constantly, and the sky was dark day and night. The sea was furious and, in its fury, it engulfed them.

After the storm and failed search attempts, Perla's grandmother took her to her house in another part of the city. Her grandmother's house was on the other side of town where the sea was out of sight, no matter how much one strained to see.

During the first year, Perla and her grandmother returned to her parents' home each Sunday. They opened up windows and doors, and Perla played on the beach where she had said farewell to her parents. Sometimes she would sit on the gray, almost black, sand and collect seashells that the tide brought in. Other times she remained standing in silence before the sea. She stayed there until the sun set, waiting without moving, waiting uselessly for her parents' return.

As time went by, the frequency of their visits to her parents' house gradually diminished. Each year that transpired, her mind and body changed. When she turned nineteen she decided to live in her childhood home, and despite her grandmother's disapproval, she set up house once again in the home that faced the sea. She moved into the house of thick walls painted pistachio green, whose two windows and dark, wooden door she opened, from that day on and as many times as she desired.

After the tide, Perla liked to walk along the solitary beach. She collected the least common of seashells to take home with her. In the evenings, on the porch, she sat at the table with a lantern illuminating the immense darkness. She let the sea breeze cover her and tousle her hair while she listened to the continuous roar of the waves crashing against the beach. She observed with detail the seashells she had collected so carefully. With eyes closed, she ran her fingertips along the seashells to feel their splintering and designs. She played with them, took each one in her hands, tossing them onto the wooden table just to see the fortuitous combinations that formed. Each was different from the previous. Perla experienced an indescribable fascination with the positions and arrangements of the seashells.

This nighttime casual game turned into a significant necessity. Gradually the seashells began to whisper her secrets. She caste them on the bare table, and the images revealed her thoughts and questions she had. If she needed to know anything, the seashells would tell. She knew what would happen. The images strengthened her; they gave her control over her surroundings, which she had never before experienced.

That internal strength drove her away from the outside world. She went into the city less frequently. She no longer saw the city's wide streets, its flowering, orange flamboyant trees, and the fast pace of its people. She had her house, her parents' home, above all, her beloved sea, her blue sea, her deep sea. The days were long. She made the most out of them. She greeted the sunrise swimming and continued to swim for several hours after. She went fishing in the open sea and welcomed the night reading her seashells. She interpreted them, listened to them, worshiped them. At the darkest point of the night, she undressed and returned to the intense sea to feel the warm salt water caress every inch of her skin.

One night, she went deeper into the sea than usual. There was no full moon. The night was excessively dark, the water was thick, almost black. She breathed deeply and submerged herself into the dark water. She saw nothing, only felt the cold darkness on her body. That night, she discovered she could hold her breath underwater for long periods of time. She swam farther away from shore, aware of the dark liquid penetrating around her. Unexpectedly, she came across something, she could not tell what it was. Before she realized it, the thing bit her abdomen again and again. It tore her belly apart, let loose her entrails, exposed and sore in the water. She felt her breath leaving her. Her abdomen contorted in pain, as the salt ate away at her exposed and incomplete entrails. Then, it bit off both her arms and her right leg. The pain was unbearable. She gasped for air. In a futile attempt, she searched for light, but all she could make out was her left arm detached from the rest of her body. It was then when she awoke.

Perla awoke on the beach, at the edge of the water, covered in moonlight. Her body was coated in sand and sporadic, white sea foam reached her thighs. The moonlight created a pearly outline around her entire body. She got up to the cold and to a salty taste in her mouth. She walked home naked and tried to make sense of her dream. The next morning, the beach was covered with thousands of dead small silvery fish. Perla thought the tide had brought them in the night before.

From that night on, her nightmares did not stop. It was then she met Edith and Adi who, with their strength, helped Perla enjoy life again. Even so, her nightmares did not stop, and the seashells continued to speak to her, quivering on their own when she did not hold them in her hands. It was as if the seashells were stealing every ounce of her will. Reality blurred before Perla's very sight. It was only the vast sea that comforted her. She spent the afternoons loving it, watching it, as she plunged into it. At night she repeated this ritual. She awaited for nothing else but the arrival of the full moon. Every night she undressed and gave herself over to the sea. She became one with it, blending into the salt water and its fragile, welling foam. She slipped into its gracefulness; she began to sense it in her red veins.

Nonetheless, when she saw Edith and Adi, they drew her back to the green sounds of the streets and long walks through the city. However, inside, she struggled. She only wanted to be one with the sea, her blue sea. But, at the same time, the bustle and hustle of the streets, and the smell of the marketplaces were part of her. In time, Perla distanced herself from the sea. She left the port city of Veracruz and fled from her beloved sea. She left thinking never to return.

Two years passed, and that Sunday afternoon, after hearing a catcall from an old fisherman, she ran into Edith and Adi on the beach. They spoke of the last two years. Perla told them what she had seen, touched and felt, in the places she had visited where there had been no sea. They talked for hours. They went downtown, as they used to do before, and sat in a café to continue their talk. The hours flew by, and Perla was able to thank them for their friendship. What Perla did not mention was that the more she distanced herself from the sea, the more her memory intensified.

The weeks that followed their chance encounter, Perla visited all the parts of the city that she had almost forgotten. She walked through the streets and street vendors. She ate fresh pineapple in the park and danced danzón music in the red evenings. Once again, she savored fresh coconut water under the shade of flamboyant orange tree.

Sunday returned with an extraordinary heat wave. The heat was so intense and unbearable for everyone on the streets. Perla decided to refresh herself and bought a bottle of cherry juice, one of the new flavors. The redness of the juice was the color of the sunset that surrounded her, and the sweat on the cold bottle made her mouth water. She did not open it immediately, and her thirst intensified, even more when she imagined the cold liquid traveling down her throat.

When she arrived home, she took a wide brimmed cup and poured some of the juice into it. She took a couple of sips and found her eyes reflected in the background. Perla poured the last of the juice and returned to the reflection of her blurred eyes, which had begun to intoxicate her. She fixed her gaze on the cup's white background and searched anxiously for a defined image of herself. Finding herself blurred and unreal seduced her like a snake seduces its prey before it kills. She felt the cold liquid pleasantly go down her throat.

She went out to the porch to enjoy the pink sunset and an orange moon that was majestically and gradually appearing in the dark sky. On the horizon, the sea was calm, light waves with shiny foam reflecting the moonlight came to shore. The singsong of the waves was barely noticeable. A warm wind with the scent of moisture from the sea touched Perla's face and gently tousled her hair. In the distance, out in the sea, an object moving to the soft rhythm of the waves caught her attention. It was a rowboat that could barely be made out. She let the waves finish the job that the tide had begun, and patiently, waited for the rowboat to anchor. The beloved, faint roaring of the sea came with the boat's arrival. Perla could not control her curiosity, she got up and went to see what it was the tide had brought in this time. She approached the rowboat, while the loving roar of the sea grew louder, echoing in her chest. The moon made the sand shine under her naked feet. Her skin prickled. She felt a shiver run the length of her body when she saw the hat inside the boat. She struggled for air. Yes, it was her father's hat. It could not be anyone else's. She felt a pain in her chest. It was the sea, the tide had returned it. Obeying an impulse, she climbed into the boat. She had to. And she began to row.

She heard a familiar song in her head. Without being certain which one, the words took shape in her thoughts, "*…se vive solamente una vez, hay que aprender a querer y a vivir, hay que saber que esta vida se aleja y nos deja llorando quimeras….*"

Every time the oars entered the water, the rowboat went farther out to sea. She placed the hat on her head. She continued to row energetically and without haste. She felt her body relax and fill with tranquility. In Perla, the song intensified, the words gathered more and more strength. She began to remember the lyrics clearly. She recalled the times her father sang to her mother, and the times her mother stared into his eyes, in silence. What Perla could not remember was the precise moment when she released the oars in order to stop singing.

EL DE ATRÁS

Se emocionó cuando me dijo que vio una estufa de fierro colado. Chiquita, como para su casa. La encontró en Zacatecas. Pero, pues, no hay en qué traerla, me dijo, ya ni modo. Si no es esa, ya habrá otra. Pero te imaginas, calientita, así merito como la que me imaginé, agregó.

Ya era de noche cuando se fue. Se sintió apurado porque para llegar a su casa todavía había que caminarle un rato por el bosque. Prendió un cigarrillo, se puso bajo el brazo el libro de Luisa Josefina Hernández que llevaba y salió brincando con un encanto que sólo él le sabe dar al camino de piedras.

La primera vez que lo vi iba con el cabello alborotado. Llevaba una camisa blanca de algodón y estaba solo. Estaba parado en la salida de Xalapa hacia La Pitaya. Solo, así es como me gusta andar siempre, decía. Camino y camino, y si quisiera, iría a los lugares donde sé que puedo encontrar a la gente, me dijo con un tono casi desafiante cuando le comenté que lo había visto.

Es callado y tiene la mirada atenta. Lo ve todo, hasta los mínimos detalles. Siempre he pensado que tiene los ojos como de animal salvaje. Tú crees, el otro día me encontré a una amiga, me contó. Le pregunté que qué tenía en los dientes. Ella se puso recontenta porque dice que nadie se había fijado que se incrustó no sé qué piedra preciosa en uno, añadió.

Le gusta saber que es observador. Sí, ha aprendido a ver no tan sólo con los ojos, también con la piel, los oídos y la nariz. Sólo así se sobrevive en La Pitaya. Eso también lo sé. No tanto por los alacranes sino por las tarántulas y coralillos que salen de quién sabe donde en las noches sin luna.

¿Sabes? Hace un buen que no salgo a correr en la noche pero ya me están dando ganas otra vez. Siguió.

Anoche lo vi solo. Iba corriendo por la vereda que lleva a su casa. Ya estaba muy entrada la noche, se veía que llevaba prisa. En la oscuridad casi total su figura se confundía con la de los árboles, y a lo lejos me pareció distinguir un haz de luz roja de lo que supongo era un cigarrillo. Antes de que desapareciera se oyó como un rugido. Nunca había oído algo así en La Pitaya. Sé que ni las tarántulas, ni los coralillos hacen ruido, tampoco los alacranes. Esos nada más te caen de repente desde el techo y se te meten entre las sábanas.

THE ONE BEHIND

He was excited when he said that he had seen the cast-iron stove, a small one just for his house. He found it in Zacatecas. However, there was no way to transport it. He said that it couldn't be helped. If this one is not to be mine then another one will come along. But, imagine, it will be warm, just like the one I had imagined, he added.

Nightfall had come when he left. He was in a hurry because he had to walk quite a distance through the forest to reach his house. He lit a cigarette and placed the book by Luisa Josefina Hernández he was carrying under his arm. He left leaping with a charm that only he could give the stone path.

The first time that I saw him his hair was windblown. He was wearing a white cotton shirt, and he was alone. He was standing at the Xalapa exit on his way to La Pitaya. Alone, that's how I like to be, always, he said. I walk and walk, and if I really wanted to, I would go to places where I can find people, he said with an almost defiant tone when I told him that I had seen him.

He is quiet and has a thoughtful gaze. He sees everything, even the most minimum of details. I always thought that he had the eyes of a wild animal. Can you imagine? The other day I ran into a friend of mine, he said. I asked her what she had on her teeth. She got extremely happy because she said no one had noticed the semi-precious stone she had incrusted into one of her teeth, he explained.

He likes to know that he is an observer. He has learned to see not only with his eyes, but also with his skin, his ears and his nose. It's the only way one survives in La Pitaya. I know this, too, and not only about the scorpions, but about the tarantulas and coral snakes that come out from who knows where on moonless nights.

Know what? It's been a long time since I went jogging at night, but lately I've felt like taking it up again, he said.

Last night I saw that he was alone. He was jogging along the path leading to his house. It was already late and it was obvious that he was in a hurry. In almost complete darkness, his figure blended with the trees, and from afar I seemed to distinguish a beam of red light that I guess was a cigarette. Before he disappeared a roar was heard. I had never heard anything like it in La Pitaya. I know that neither tarantulas and coral snakes make noise, certainly not scorpions. Scorpions just drop suddenly from the ceiling and get between your sheets.

LA CANCIÓN DE LA LLUVIA

Anoche soñé contigo otra vez. Esta vez me cantabas la canción de
la lluvia, canción que nunca antes había escuchado en mi vida; pero
que con tu voz suave, de niña, con un timbre que te distingue de
otras voces, se te clava en el corazón. No pude entender lo que
cantabas, no hablo quiché. Me dijiste con la mirada que era la canción de la lluvia. Desperté cuando terminabas de cantarla y me
decías adiós. Antes, di un abrazo de despedida a Mauricio y a Sofía,
quienes también estaban en mi sueño, y por supuesto a ti. Pero como
siempre, te esfumaste cuando me acercaba. Mágicamente reapa-
reciste a lo lejos, como en todos mis sueños, diciéndome adiós.

Afortunadamente era sábado cuando desperté. Me levanté, pre-
paré un café, regué las plantas del balcón y retomé el libro de De
Mauleón que llevaba a la mitad. En el balcón continué la lectura
pero mi mente empezó a divagar cuando un ciervo inesperadamente
apareció de la nada y atravesó el jardín central de los apartamentos
donde vivo. No corrió, avanzó lentamente hasta la mitad del jardín.
Lo vislumbré de reojo y pensé que era normal que estuviera ahí,
después reaccioné. El ciervo me descubrió sobresaltada en el balcón,
me miró por un instante y después se echó a correr. Claro, es sep-
tiembre, me dije, tratando de explicarme a tan inusual visitante.

Hacía un buen tiempo que no me visitabas en sueños. Me hiciste pensar en Mauricio, no sé cómo le vaya en Montreal. Recuerdo que la última vez que hablamos fue después de que lo asaltaron en la ciudad de México. Fue el colmo, lo siguieron hasta su apartamento y pacientemente esperaron a que saliera de éste. Cuando Mauricio salió, lo encañonaron y a punta de pistola lo obligaron a beberse un somnífero. Me confesó que en ese momento se despidió de todo. Para su buena suerte sólo le robaron dinero, una computadora y sus CD's. Lo que más le dolió que se llevaran fueron sus CD's, que a lo largo de su vida como músico coleccionó. Ni hablar, el trabajo de toda una vida desapareció en un instante, por lo menos no fue su propia vida la que desapareció.

Después de ese incidente aceptó el trabajo en la sinfónica de Montreal. Pensaba ir únicamente por un mes para valorar la oferta que le habían hecho; pero el asalto lo hizo decidirse y aceptar un contrato por dos años. Supuse que si sobrevivió el asalto en la ciudad de México sobreviviría el invierno quebequense. ¡Qué bueno que me visitaste en sueños! No había pensado en Mauricio desde hacía casi un año.

No quise continuar leyendo. La aparición del ciervo en el jardín me hizo pensar en todo menos en las palabras impresas. Además, la melodía de la canción de la lluvia seguía haciendo eco en mi cabeza. Fue una verdadera pena no haber entendido lo que cantabas, pero tu voz, como siempre, me hechizó.

Tampoco había pensado en Sofía en un largo tiempo. De ella jamás entendí por qué no usaba su refrigerador. Desde que la conocí ha vivido sola y nunca entendí por qué compró uno que tuviera cerradura, yo no sabía que existieran tales refrigeradores. Lo más curioso es que guarda sus libros y películas más preciadas ahí. También guarda una Casiopea de cristal, una tortuguita, que uno de sus ex-amores le regaló; me sorprendí al saber que aún tenía la tortuga cristalina y sobre todo enterarme de que estaba bajo llave en el refrigerador caja fuerte de su apartamento. Lo que más me fascina de su apartamento es que está en la parte alta de la ciudad donde ella vive y desde su balcón se ve el Citlaltepetl. Ella fue quien me dijo que qué afortunada era yo de que me visitaras. Le conté de ti desde la primera vez que te soñé, hace ya siete años.

Una de tus visitas que más me ha gustado fue la vez que soñé que caminaba en el bosque a la orilla de *El Bordo*. Las hojas secas crujían bajo mis pies y el sonido era tan fuerte, que se escuchaba el eco de las hojas al romperse, allá, en *El Bordo*. Tú estabas sentada mirando al vacío en la última piedra volada del barranco, estabas callada, dispuesta a caer; con atención escuchabas el eco y el viento alborotaba tu cabello negro. Me volteaste a ver sonriendo, disfrutabas el sonido que provocaban las hojas secas rompiéndose bajo mis pies; en ese instante una parvada de golondrinas apareció en el vacío de la barranca, revoloteaban y hacían piruetas al compás del eco, luego desaparecieron dejando haces luminosos, como fuegos artificiales, que marcaron su trayectoria y que se desvanecieron al caer lentamente como cascadas de polvo rojo, azul y amarillo frente a ti. Esa vez no me acerqué, tenía miedo de que cayeras al vacío y aunque sabía que estaba soñando no me arriesgué a provocar tu caída. Tú, niña, fascinada con el espectáculo no despegabas la mirada de los polvos de colores.

El fin de semana transcurrió demasiado rápido. Una visita al museo cerró mi corto descanso. Mañana, lunes, tengo que hacer las miles de fotocopias para los exámenes parciales que serán en nueve días exactamente. Aquí, en los EE. UU., cada quien tiene que hacer sus propias copias y en los cuartos de fotocopiado, somos los humanos quienes estamos a merced de fotocopiadoras. Las máquinas emiten calor y luz verde que se te incrusta en los ojos. A veces pienso que con cada fotocopia una parte de mi cuerpo se va borrando y se imprime en cada hoja de papel. Me siento perdida entre los polvos de tinta negra y poco a poco voy desapareciendo de este plano para reintegrarme en las copias recién hechas. Mi cuerpo estático frente a la copiadora se desvanece en secciones; primero los dedos de una mano, luego una oreja, después la mitad de la cara y así sucesivamente cada impresión se lo va llevando todo. Me imagino que la máquina me absorbe y con cada emisión de luz metálica que produce, me reduzco más y más. Me imagino repartida en mil y una hojas recién impresas. El ojo derecho en una hoja, un brazo en la otra y tal parece que adivinaría los pensamientos de cada estudiante mientras cada uno de ellos tomara el examen. Por la manera en que presionaran el bolígrafo sobre el papel sabría qué tan nerviosos, concentrados o distraídos pudieran estar.

Mi mente divaga pero te tengo presente, siempre te llevo en la mente. Te veo a la distancia cantando y tu voz regresa una y otra vez, vas con tu vestido blanco de manta, tu cabello lacio y siempre a lo lejos.

Ya es lunes y anoche no soñé contigo.

Han pasado un par de meses desde que me cantaste la canción de la lluvia. No he sabido nada de ti, ni siquiera había pensado en ti sino hasta hoy que ha llovido. Hoy terminé de leer una novela de Arnulfo Anaya entre la lluvia y las noticias del huracán Isabel. Las imágenes de la gente desesperada, con el viento queriéndolas arrancar del suelo, hicieron más irreal a Isabel. El reportero del canal hispano que hizo su reportaje desde *Kill Devil Hill*, en medio de las aguas que se salieron de su cauce, me provocó angustia, pensé que tal vez un cable cargado de electricidad iba a electrocutarlo a medio reportaje o que algún mueble sumergido lo iba a golpear y arrastrar mar adentro. Afortunadamente, tú no estabas ahí.

Esta noche pienso soñar contigo, necesito escuchar tu canción. Me he dado cuenta que por la distancia entre nosotras nunca he podido ver tu cara, no conozco tus rasgos, siempre te descubro a lo lejos.

He decidido viajar al Sur de México y a Guatemala, no he vuelto a soñar contigo y ya es mediado de mayo. Tengo mi viaje listo para dentro de dos semanas, en dos semanas conoceré tus orígenes, tu gente y sobre todo a ti. Podré ver tu cara y saber quién eres, o por lo menos veré otros niños mayas y pensaré en ti.

La selva húmeda de Tikal me asfixia, el aire es denso, la humedad se me mete por la nariz y en cada poro de la piel. Los túneles de árboles no permiten que la luz del sol entre, me veo caminando entre evaporaciones, hojas en proceso de descomposición y los sonidos que los monos aulladores exhalan a mi paso, avisando que he llegado. El camino es solitario y para llegar de un sitio a otro he tenido que caminar hasta una hora en esta atmósfera sofocante. Finalmente he encontrado otra pirámide y un claro entre la selva se abre, por fin un poco de aire fresco. Frente a la pirámide hay árboles de pimienta gorda, he decidido descansar bajo sus sombras sobre una roca enorme que utilizo como asiento. Descanso un poco antes de ascenderla y dejar que lo picante del sol me golpee la cabeza. Es maravillosa la vista desde lo alto, las cúspides de las otras pirámides sobresalen a lo lejos. Estoy segura que esta vista te hubiera encantado, pero aún no he soñado contigo, no sé si volverás a visitarme.

Mañana por la mañana volaré a la ciudad de Mérida en la península de Yucatán, algo me dice que te voy a encontrar. A cada niño que he encontrado y a cada niña con la que me he tropezado los he observado tratando de adivinar tu rostro y al mismo tiempo invocándote para que me visites una vez más.

El avión está por despegar y no pude dormir en toda la noche. Me coloco los audífonos para escuchar un poco de música y para mi sorpresa es la canción de la lluvia lo que se escucha a través de éstos. ¡No lo puedo creer! Me los quito y pongo una vez más; para mi asombro, me doy cuenta de que estoy soñando. Sueño que la gente a mi alrededor está durmiendo y sólo yo estoy despierta y atónita con tu canción. Sé que estoy soñando. De pronto, te veo al fondo del pasillo, tu vestido blanco, descalza, te acercas, no me muevo, no quiero que te vayas, lentamente continúas acercándote y poco a poco voy descubriendo tu rostro, tus ojos, tu pelo. Te observo impacientemente por primera vez y tu rostro se me hace familiar. Me extiendes la mano lentamente, yo sigo tus movimientos con suavidad, extiendo mis dedos y al tocarte un choque eléctrico me recorre el cuerpo. Sé quién eres, te he visto antes, tú eres yo misma, no lo sabía, por tan sólo un instante te veo con claridad, el ambiente es muy tranquilo, los colores dentro del avión son muy tenues, el sol atraviesa las ventanas y empiezas a desvanecerte una vez más, sé que nunca regresarás, la oscuridad te está absorbiendo.

El avión está aterrizando, bajo en paz, pensativa, con un gran cielo azul frente a mí y con la canción de la lluvia entonándose en mis labios.

SONG OF RAIN

I dreamt about you again last night. This time you sang a song of rain to me. A song that I have never heard before in my life, but with your soft girlish voice, with a tone that distinguishes you from other voices, it can pierce your heart. I could not understand what you were singing, I do not speak the language of Quiche. You told me with your eyes it was the song of rain. I woke up when you finished singing it and were saying goodbye to me. Beforehand, I gave a farewell hug to Mauricio and Sofia, who were also in my dream, and then to you. But as usual, you vanished when I was approaching you. Magically, you reappeared further away, as in all my dreams, saying your goodbyes.

Fortunately it was Saturday when I woke up. I got up, made a cup of coffee and watered the plants on my balcony. Then I picked up the De Mauleon's book again that I was in the middle of reading. I continued my reading on the balcony, but my mind diverged when a young deer unexpectedly appeared out of nowhere and crossed the courtyard of the apartment building where I live. It did not rush, but slowly moved until it reached the center of the courtyard. I caught a glimpse of this young, wild animal and thought it was natural for it to be there in the middle of the city. Immediately, I reacted to that thought and the stag sensed my excitement on the balcony. It looked at me for a split second and then ran away. It is September, I said to myself, in an attempt to explain the reason for such an unusual visitor.

It has been a while since you last visited me in my dreams. You made me think about Mauricio; I do not know how he is doing in Montreal. I remember that the last time we spoke was after he had been assaulted in Mexico City. It could not have been worse; they followed him to his apartment and patiently waited for him to leave. When he stepped out, they put a gun to his head and forced him to drink some liquid that left him unconscious. He later confessed to me that at that moment, he bid his farewell to the world. To his good fortune, they only took cash, a computer and his CD collection. But it was the loss of his lifelong CD collection that hurt him the most. As a musician he had collected the CDs for most of his life. There was nothing else to say; a lifelong effort disappeared in a moment. At least, they did not take his life.

After the accident, he accepted a position at the Montreal Symphonic Orchestra. He was barely exploring the possibility, but the assault changed it all, and without hesitation he signed a two year contract. I supposed that if he had survived the Mexico City incident he would survive the Quebec winter. It is good that you visited me in my dream. I had not thought of Mauricio for almost a whole year.

I refused to continue with my reading. The young deer in the courtyard made me think of everything but the printed words in the book. Besides, the melody of the song of rain was still playing in my head. It was a real shame that I could not understand what you were singing, but your voice as usual, cast a spell on me.

I had not thought of Sofia either in a long time. What I never understood about her was why she never used her refrigerator. Since I have known her, she has lived alone in the same apartment. I was never able to understand why she bought a refrigerator with a lock; I did not even know they existed. The most peculiar thing is that she keeps her most beloved books and movies in the refrigerator. She also keeps a crystal Cassiopeia, a small turtle that one of her ex-lovers gave her. I was surprised to learn that she still had the clear and shiny turtle, and I was especially surprised to learn that it was kept locked in her refrigerator-safe. What I love most about her place is that she lives at the highest point of the city. From her balcony, Citlaltepetl can be seen. She was the one who told me how fortunate it was that you visited me in my dreams. I told her about you since the first time I dreamt you seven years ago.

One of your visits that I have enjoyed the most was the time I was walking in the forest at the edge of *El Bordo,* the cliff. Dry leaves crunched under my feet and the sound was so loud that an echo was produced in *El Bordo.* You were sitting at the edge of the cliff that jetted out into the valley as a narrow peninsula. You were looking at the nothingness; you were quiet, ready to fall off. You were listening to the echo while the wind rustled through your black hair. You turned to me and smiled. You enjoyed the sound that the crunching leaves were producing under my feet. Just then, a flock of swallows entered the emptiness of the canyon; they spun up in the air to the rhythm of the echo. Then, they vanished; leaving behind streams of light, as fireworks do that marked their path and slowly fade away, leaving a trace of a waterfall red, blue, and yellow dust. This time I didn't approach you. I feared that you would fall into the emptiness, and even though I knew you were dreaming, I didn't risk making you fall. You, child, fascinated by the spectacle, didn't take your eyes off the multicolored dust.

The weekend transpired much too fast. A visit to the museum ended my short break. Tomorrow, Monday, I have to make a thousand and one copies for the coming tests in exactly nine days. Here, in the U.S., we make our own copies, and it is in the copy rooms that we, humans, are at the mercy of the copier. The machine produces heat and a green light that affixes itself in your eyes. Sometimes I think that with every copy I make, a part of my body fades away and prints out on the just printed sheets of paper. I feel lost among the black dusty ink, and little by little, I dissolve from this dimension to reincorporate myself in the printed copies. My static body facing the copier fades away in sections: first my fingers form one hand, then an ear, later, half of my face, and so on. I imagine that the copier absorbs me, and with each metallic emission of light it produces, I reduce myself more and more. I image myself spread out on the one thousand and one just printed sheets of paper. My right eye on one sheet, my arm on another, and it seems to me that I would read my students' thoughts by the way they press their pens on the paper. I would know how nervous, concentrated or distracted they are.

My mind diverges, but I think of you. I always have you on my mind. I see you singing far away, and your voice comes back, time and time again. You wear your white cotton dress, your hair is straight, and you are always at a distance.

It is Monday and last night I did not dream of you.

It has been a couple of months since you last sang the song of rain for me. I do not know anything about you; I have not even thought of you until today when it rained. Between the rain and the news of Hurricane Isabel, I finished reading a novel by Arnulfo Anaya. The images of desperate people, with the wind trying to uproot them, made Isabel more unreal. The anchor man from the

Hispanic channel, who reported from Kill Devil Hill in the middle
of the flooded waters, made me feel anxious. I thought that a high
tension cable was going to electrocute him in the middle of the
transmission, or that a piece of furniture under water was going
to hit and drag him into the open sea. Fortunately, you were not
there.

I plan on dreaming about you tonight; I need to hear your
song. I have realized that because of the distance between us, I have
never seen your face. I do not know your features; I always see you
in the distance.

I have decided to travel to the South of Mexico and Guatemala. I have not dreamt about you recently and it is already the
middle of May. I have everything ready to leave in two weeks; soon
I will find out about your origins, your people and all about you. I
will be able to see your face, to learn who you are, or at least, I will
meet other Mayan children and I will think about you.

The humidity of the jungle in Tikal asphyxiates me. The air is
thick; it enters through my nose and through each of the cells of my
body. The dark tunnels naturally created by the trees, do not allow
the sunlight in. I walk among the vapor rising from the soil full of
wet leaves. The sounds of the howling monkeys fill the atmosphere,
warning others of my arrival. The path is lonely, and I have to walk
an entire hour in the suffocating heat. Finally, I find another pyramid and a clearing in the jungle opens up. At last, some fresh air.
There are allspice trees in front of the pyramid. I rest under their shadows and sit on a rock before climbing the pyramid, allowing the
burning sun to hit my head. The sight from the top of the pyramid is
magnificent, the tree tops are below my sight; the peaks of the other
pyramids stand above the tree tops. I am sure that you would have
been enchanted as I am with the sight, but I have not dreamt about

you. I do not know if you will visit me again.

Tomorrow morning I will fly to the City of Merida in the Yucatan Peninsula; something tells me that I will find you. I have looked for you and tried to guess your face in the face of every boy and girl I have encountered. I have invoked you to visit me one more time.

My plane is about to take off. I could not sleep all night long. I put on the headphones to listen to some music, and to my surprise, the song of rain is what I hear. I cannot believe it! I take the headphones off and put them on one more time, but I realize I am dreaming. I dream that I am awake, astonished by your song. I know I am dreaming. Suddenly, I see you at the end of the aisle, with your white dress, barefoot, coming toward me; I do not want to move. I do not want you to go. You walk towards me very slowly. Little by little I decipher your face, your eyes, and your hair. Impatiently, I watch you for the first time, and your face seems familiar. You reach out to touch my hand calmly, and I follow your movements gently. I reach out, stretch my fingers towards you, barely touch you. An electric shock runs through my body. I know who you are. I have seen you before, and you are me. I did not know it; for just an instant, I see you clearly. The atmosphere is restful; the colors in the plane are soft. The sun comes through the windows, and you begin to fade away once again. I know you will never return. The darkness is absorbing you. The plane is landing. I peacefully get off, thoughtful, with a huge blue sky in front of me, humming the Song of Rain between my lips.

CUANDO PASA LA IGUANA

Pasó como cada semana rumbo al bosque. A lo lejos, desde la puerta de su casa, la observaba. Su olor a manzanas le llegó a la nariz. Su paso apresurado, quizás de temor a ser descubierta, de saber que él pudiera estar ahí, la hizo pasar indiferente pero temerosa; distraída pero atenta. Él tembló, su olor a manzanas maduras le hizo imaginarla entre sus manos, recordar su piel suave, morena, dulce.

Ella pasó con su falda larga y negra, que se acomodaba al compás de su andar erguido con los pezones duros y las manos sosteniendo la canasta de mimbre en la cabeza.

No supo que él estaba ahí.

Él la oyó respirar agitadamente. Su piel morena y cabello largo, con olor a manzanas maduras, hacían que él brillara, el corazón se le saltara, la recordara, la deseara.

Ella pasó como cada semana a lo lejos, con los ojos tenaces, de sombra y la canasta llena de fruta madura. Ella, con el rabillo del ojo, lo vio pero no quiso darse cuenta.

Él la escuchó pasar. La vio venir sin saber qué hacer, despertándole el ansia de la lujuria más íntima. Se quedó atrapado en aquellos ojos canela que le ponen cadenas a los que se fijan en ellos. Ojos que se le meten en el corazón a cualquiera que los ve.

Una iguana verde se atravesó en su camino. Ella se sobresaltó y sostuvo la respiración. Él, desde lejos se exaltó con ella y dirigió la mirada hacia la copa del árbol cargado de iguanas. El pelo negro flotaba en el aire por el camino de tierra que llevaba al bosque. Ella arreció su andar callado. Él apretó el estómago, aguantó la respiración.

WHEN THE IGUANA PASSES BY

She went by as she did every week on her way to the forest. From a distance, from the door of his house, he watched her. Her scent of apples reached his nose. Her brisk pace, perhaps fearful of being discovered and knowing that he could be there, made her pass by indifferently but fearful, distracted but attentive. He trembled; her scent of ripe apples made him imagine her in his arms, to remember her soft skin, dark, sweet.

She went by with her long black skirt, which fell into place with her rhythmic upright walk. Her nipples erect; her hands firmly holding a wicker basket on her head.

She did not know he was there.

He heard her breathing heavily. Her dark skin and long hair, smelling of ripe apples, made him glow; his heart skipped a beat, remembering her, desiring her.

She went by as she did every week. Her eyes tenacious in the shadows; her basket full of ripe fruit. Out of the corner of her eyes, she saw him, but did not acknowledge him.

He heard her go by. He saw her approaching, but didn't know what to do. Her coming awoke in him a yearning, a most intimate of lusts. He was trapped in her cinnamon eyes. Eyes that chain and pierce the heart of anyone who sees them.

A green iguana crossed her path. She was startled and held her breath. He, from afar, was startled with her. He directed his gaze to the top of the tree full of iguanas. Along the dirt path she followed through the forest, her black hair floated in the air. She intensified her silent pace. He tightened his stomach, held his breath.

CHINA POBLANA

Para Mirrah

Me dicen Catarina de San Juan pero ese no es mi nombre verdadero. Ese nombre me lo dieron ellos, los que me bautizaron para salvar mi alma. Yo veía cómo salvaban las almas de los que se convirtieron antes que yo. A mí no me quedó de otra. Si no los aceptaba, me regresarían con los piratas portugueses que me secuestraron la primera vez. Acepté la doctrina, me abrí a ella y me dio consuelo. Ya entonces intuía que mi destino sería trágico y que nunca volvería a ver a mis padres. Tengo una maraña de recuerdos perdidos; como el inconfundible olor a sándalo de mi madre en su ropa y las barbas largas y negras de mi padre. A veces, a pesar de mis ochenta y dos años, siento los abrazos nocturnos que mi madre solía darme antes de dormir, sus canciones de cuna y su cálida presencia a mi lado.

Nunca les dejé saber que aprendí a hablar español. Me negaba a hacerlo frente a ellos. Calladamente, pretendiendo no entender nada, seguía las palabras de mis diferentes amos con mucho cuidado, así se me fueron pasando los años. No me molestaban. Me negué a producir los idiomas de los españoles y portugueses que me arrebataron de la playa. Fue ese día, el día que caminaba tranquilamente con mi hermano menor y un par de sirvientes.

De pronto vi cómo golpeaban y degollaban a los viejos y fieles sirvientes. No sé qué le hicieron a mi hermanito. Todo fue muy confuso. Tenía mucho miedo. Yo tenía tan sólo ocho años, mi herma-no, no estoy segura; era pequeño, frágil, con ojos de obsidiana. Entre todo el alboroto no supe qué fue de él. No lo había pensado en todos estos años. De lo que sí me acuerdo es que ese día decidí que nunca pronunciaría en voz alta ninguno de esos idiomas. Me negué a producirlos. Ellos nunca se dieron cuenta de que en realidad, a pesar de mi corta edad, ya hablaba cinco idiomas, a los cuales agre-gué los suyos, el español y el portugués. También aprendí tagalo porque pasé cinco años entre los burdeles que los filipinos tenían para los marineros españoles, portugueses e ingleses. Pero eso tampoco se los dejé saber.

Me dicen Catarina de San Juan pero ese no es mi nombre ver-dadero. Ese nombre me lo dieron ellos, los que me bautizaron para salvar mi alma. Nosotros, mi familia, veníamos del norte de India de un lugar árido, lejano. Recuerdo que anduvimos muchos días antes de llegar al sur. En realidad no sé cuánto tiempo. Por las noches acampábamos primero en el desierto, luego en lugares más selváticos. Me encantaba ver las estrellas por las noches mientras mi madre nos contaba historias de nuestros abuelos a mi pequeño hermano y a mí. Sé que fue un largo viaje porque vi varias lunas llenas durante el camino.

Teníamos poco tiempo de haber llegado al suroeste de la India cuando me raptaron. Nos instalamos en una casa tan grande como la casa donde nací. Tenía corredores amplios, donde el aire fresco de la mañana se paseaba entre sus blancas columnas y las paredes que tenían intricados diseños en yeso. De las fuentes interiores que adornaban los patios se levantaba un leve rocío provocado por el viento matinal, que me cubría toda y me encantaba sentir al despertar. A mí me gustaba correr entre las columnas de los largos corredores y ver cómo mi ropa volaba tras de mí como la cola de una estrella fugaz. Pero lo hacía a escondidas, cuando sabía que nadie me podía ver. Si alguien llegaba a darse cuenta de que lo hacía me reprendían diciéndome que para una niña de mi condición no era apropiado. Yo sabía a qué se referían. Aunque para mí, mamá y papá eran sólo mis padres. Yo sabía que eran gente importante en la India, cada día me lo recordaban, me hacían sentir orgullosa de quiénes éramos y de dónde veníamos, al tiempo que me enseñaban a ser piadosa.

Me dicen Catarina de San Juan pero ese no es mi nombre verdadero. Ese nombre me lo dieron ellos. Mi hermano, aunque más joven que yo, era el heredero principal de mi padre. Yo, la hermana mayor, sería su consejera, su conciencia, la guardiana de la herencia cultural de mi familia. Ese iba a ser mi destino. Estaba destinada a ayudarlo a tomar las más difíciles decisiones, en silencio, porque no era el lugar de las mujeres aparecer en público en los asuntos de estado. Yo estaba destinada a ayudarlo para que viera con claridad en los momentos difíciles y no flaqueara. Por eso, a pesar de mi corta edad, me ejercitaban cada día para tomar decisiones importantes en el destino de la casa. Me estaban preparando. De mí dependía qué flores se comprarían cada día, el color, el tipo. De mí también dependía lo que se comería en el transcurso de la semana.

Recuerdo que íbamos a los mercados cada mañana a traer los productos más frescos para el día, un sinfín de colores a mi alrededor. La atmósfera estaba llena de aromas a especias. Recuerdo el olor a canela, clavo, cardamomo que se impregnaba en mi ropa. Un par de sirvientes me llevaba siempre, además de mi abuela, a los mejores puestos de flores y víveres para que seleccionáramos lo que a mí me parecía lo mejor y que mi abuela aprobaba una y otra vez, orgullosamente y en silencio. Sabía escoger las telas, seleccionaba los colores más bellos, azules, anaranjados con entretejidos de hilos de oro. Sedas moradas iridiscentes, blancas, rojas. Me fascinaba sentir entre mis manos la delicadeza de la seda. Nunca he vuelto a sentir esa suavidad. Tal vez sólo existió en mi imaginación pero así es como lo recuerdo.

Me dicen Catarina de San Juan pero ese no es mi nombre verdadero. Ese nombre me lo dieron ellos. Yo sabía leer y escribir. Lo aprendí a hacer desde muy niña. Tenía que hacerlo bien para poder llevar el presupuesto de la casa. Desde muy niña tuve un tutor junto a mí. Supongo que no era lo usual. Ese fue otro secreto que mantuve conmigo desde que llegué a México. En México veía cómo la mayor parte de las mujeres y hombres no sabían ni leer ni escribir. Yo, como lo hacía desde pequeña, lo hice tan pronto como aprendí español.

También era mi obligación enseñarle a mi hermano a buscar solución a problemas básicos de niños, pero a mí me lo decían claramente. Ese era mi destino y así lo recuerdo.

La primera vez que me secuestraron los portugueses no sé bien cómo fui a dar con un grupo de jesuitas. Ellos me acogieron. Me bautizaron. Estuve protegida por ellos por un tiempo, todo era muy borroso. Me dicen Catarina de San Juan pero ese no es mi nombre verdadero. Ese nombre me lo dieron ellos. Pero esos portugueses tenían otros planes para mí. Me volvieron a raptar y me llevaron a Filipinas.

Ese tiempo fue el peor. Yo era muy pequeña aún. Supongo que era muy bella porque recuerdo que cuando me dejaron en el burdel las mujeres que estaban ahí empezaron a verme el cuerpo, revisarme los dientes, el pelo y mis partes más íntimas. Muchas de ellas eran chinas, había un par de africanas y otras niñas que parecían de la India. Ese tiempo lo borré de mi mente. Sólo cerraba los ojos y dejaba mi mente vagar por otros lugares. Ya no sentía las toscas caricias, ni los cuerpos con olor a sudor mezclado con alcohol me importaban. Me dicen Catarina de San Juan pero ese no es mi nombre verdadero. Ese nombre me lo dieron ellos.

La primera vez tuve mucho miedo. Las otras mujeres me bañaron con agua de rosas, embarraron mi cuerpo de arriba abajo con esencias de aceite con olor a jazmín. Me cubrieron de telas que al contacto con el cuerpo sentía su suavidad. Antes, pintaron mis pezones, labios y las puntas de mis dedos con una combinación de polvos de azafrán y miel. Mi cabellera larga la cepillaron y adornaron con pequeñas florecillas blancas. Me hicieron comer jengibre azucarado y me dieron a beber no sé qué tizanas que me mantuvieron relajada y me provocaba calor en el cuerpo. Un calor que nunca había sentido antes. Únicamente sentí dolor, pero un dolor en el alma, que no se ha ido. También recuerdo un tufo mezclado con alcohol que provenía de la boca de un hombre a quien ni siquiera recuerdo. Luego, cuando desperté, había una mancha roja entre las sábanas de algodón donde yo dormía.

Me dicen Catarina de San Juan pero ese no es mi nombre verdadero. Ese nombre me lo dieron ellos. Dicen que pasé cerca de cinco años en Filipinas. Yo no lo sé con precisión, hasta que un día me subieron a un barco sin ninguna explicación. ¿Quién se iba a molestar en hacerlo si yo no era nadie? Tardamos mucho tiempo en llegar a puerto. Fue un viaje de varios meses. Me embarcaron con otras personas de Indonesia, hindúes y hasta chinos. Recuerdo que llenaron el galeón de telas, calcetas, pañuelos, colchas y manteles de seda. También había alfombras persas, piezas de algodón de la India, abanicos, cajoneras, arcones, cofres, joyeros laqueados, peines, cascabeles, biombos y porcelanas de Japón. Llevaban clavo de olor, pimienta y canela. También transportaba lana de camello, cera, marfil labrado, bejucos para cestas, jade, ámbar, piedras preciosas, madera, corcho, nácar y conchas de madreperla, fierro, estaño, pólvora y frutas de China.

Desembarcamos en el puerto de Acapulco y el capitán del barco me tomó del brazo y llevó con un hombre que esperaba ya al Galeón de Manila en el puerto. Hablaron no sé por cuánto tiempo. Luego se fue. Años más tarde me enteré que era un sirviente del Virrey quien expresamente había pedido al capitán del Galeón una mujer tan bella y exótica como una flor de su jardín. Sin embargo, para cuando llegué a Acapulco, las finanzas del Virrey no andaban bien y mandó a su sirviente para avisar que no me compraría.

Pasé un par de noches en el puerto junto con otros filipinos, hombres y mujeres de Indonesia y China. Todos estábamos encerrados. La mayoría de las personas estaba encadenada. A mí ya no hacía falta que lo hicieran. Con ellos sí hablaba, eran mis iguales. No entendía todo lo que decían pero el dolor en los ojos era el mismo. Pensé que a mí me llevarían a otro burdel. No fue así. En un par de días un hombre, muy rico, me observaba. Todavía no se montaba el mercado de esclavos, pero estábamos afuera mientras preparaban la subasta que estaba por comenzar. Lo vi hablando con el capitán y le dio mucho dinero. Luego me entregaron a él. Yo tenía trece o catorce años entonces. Me dicen Catarina de San Juan pero ese no es mi nombre verdadero.

Nos fuimos en caravana con un sinfín de cosas que había comprado, incluyéndome a mí. El viaje fue muy duro. Anduve por terrenos que nunca había visto. Vi montañas parecidas a las de mi niñez pero estas eran con cumbres nevadas. Nunca había visto la nieve. Por las noches cuando acampábamos, recordaba el cielo estrellado de aquel viaje con mis padres. Era la primera vez que pensaba en ellos desde que nos habíamos separado. La comida que me ofrecían tenía otros sabores. Era fuerte y condimentada. Me recordaba a la de India. Los sonidos de animales, en las noches que duró el viaje, eran tan diferentes; ronroneos de felinos que exacerbaban mi imaginación de niña y me llenaban de miedos nocturnos.

Entramos en la ciudad de Puebla antes del amanecer. Las calles empedradas estaban vacías. Al fondo se veían los volcanes de cumbres nevadas que vería de ahora en adelante por el resto de mi vida. Al entrar en la casa donde viviría por muchos años lo primero que vi fue una fuente en el patio interior. La casa tenía corredores como en la casa de mi niñez. No era tan grande y, aunque hermosa, los acabados no eran tan delicados como los de la casa de mis padres. De pronto pude recordar muchas cosas que pensé había olvidado. Me llevaron a la cocina y me sirvieron una taza de un líquido espeso y negro. No lo quería probar pero la experiencia me había enseñado que era mejor comer lo que te ofrecían al instante. Para mi sorpresa estaba delicioso. Me confortó, me dio energía.

Me dicen Catarina de San Juan pero ese no es mi nombre verdadero. Ese nombre me lo dieron ellos. Viví en esa casa muchos años. Me trataron bien, casi como a la hija que nunca pudieron tener. Aunque en realidad era una sirvienta más en la casa que a escondidas de la señora, le hacía favores sexuales al hombre que me había comprado pero yo no era la única. Nunca me gustó hacerlo, como tampoco me había gustado hacerlo en Filipinas. Al menos no era exigente conmigo. Esos encuentros eran esporádicos y con los años se limitaron a simples caricias.

La iglesia donde escuchaba misa estaba a unos pasos de la casa donde vivía. Todas las mañanas iba a misa de ocho. La gente me quería. Me saludaban y admiraban mi ropa. No era como la que usaba en India pero siempre traté de confeccionarla como la recordaba. No eran los mismos materiales pero yo improvisaba. Esa era una de las pocas libertades que tenía. Supongo que era parte de mi atractivo, también. En las calles había mucha pobreza y hambre. Yo, a pesar de ser conversa, no olvidaba la religión con la que había nacido. Desde niña me habían enseñado a ser piadosa. Lo poco que podía hacer era regalar las sobras de comida a la gente de la calle, las frutas que se iban echando a perder y los vegetales viejos de la casa. Yo me las arreglaba para repartir las sobras todos los días. Yo sabía lo que era pasar hambre. A la iglesia donde iba le gustaba mucho ese tipo de gesto. A pesar del paso de los años seguía en silencio. No hablaba ni con las otras sirvientas de la casa. Ese no era mi mundo. El mío se había quedado atrás con sus sonidos, olores y colores. Me dicen Catarina de San Juan pero ese no es mi nombre verdadero. Ese nombre me lo dieron ellos.

Mi ropa llamaba mucho la atención y la llevaba con orgullo. Era lo poco que quedaba de aquel mundo que añoraba y sabía que nunca iba a regresar. Yo, por costumbre, cubría mi cabeza siempre al salir a la calle. Eso, combinado con mi piedad, hacía que la gente pensara que era una santa.

Cuando el señor de la casa murió, me manumisó, pero supe que tendría que ingeniármelas para vivir. Fue cuando me fui a vivir con el otro chino. A él lo conocía hacía muchos años. Acepté vivir con él porque no tenía opción. Fue entonces cuando empecé seriamente a reproducir lo mejor que podía mis atuendos. La gente estaba encantada y los compraban con gusto. Aproveché del hecho que la gente me creía un poco santa. Fue cuando se me ocurrió que podía tener visiones de apariciones de la virgen. Era una manera segura de ganar un poco de dinero sin tener que buscar a ningún hombre. Me dicen Catarina de San Juan pero ese no es mi nombre verdadero.

Ahora he envejecido. Las mujeres siguen tocando a mi puerta para que les haga vestidos como los de la tierra que me vio nacer. Otras personas quieren verme entrar en delirio místico pero ya no puedo hacerlo más. Por las noches siento los abrazos nocturnos que mi madre solía darme antes de dormir, sus canciones de cuna y su cálida presencia a mi lado. Ahora sí que regresaré a mi querida India. Ya nadie más me llamará Catarina de San Juan, me llamarán por mi nombre verdadero. Regresaré a ese día en la playa, con mi pequeño hermano con ojitos de obsidiana y esta vez sí podremos llegar a tiempo a casa, donde mis padres nos esperan con los brazos abiertos. Me dicen Catarina de San Juan pero ese no es mi nombre verdadero. Ese nombre me lo dieron ellos. Estoy cansada pero pronto, muy pronto, veré a mis padres. Me dicen Catarina de San Juan pero ese no es mi nombre verdadero. Ese nombre me lo dieron ellos los que me bautizaron para salvar mi alma. Mi nombre verdadero ya tampoco lo recuerdo.

CHINA POBLANA

For Mirrah

They call me Catarina de San Juan, but that is not my real name. That is the name they gave me, the people who baptized me to save my soul. However, I had seen how they saved the souls of those who converted before me. I had no choice. If I did not give in to them, I would be sent back to the Portuguese pirates who kidnapped me the first time. I accepted their doctrine; I opened myself up to it, and it comforted me. Even back then, I already suspected that my destiny would be tragic and I would never see my parents again. These memories are tangled and lost in my mind. I still remember the unmistakable scent of sandalwood from my mother's clothes. I remember the long black beard of my father. At times, in spite of my eighty-two years of age, I feel my mother's nighttime hugs she tended to give me before going to sleep, her lullabies and her warm presence by my side.

Spanish—I never let them know I had learned to speak. I refused to do it in front of them. Quietly, pretending not to understand anything, I carefully followed the words of my different masters; this is how the years went by for me. They did not bother me. I refused to produce the languages of the Spaniards and Portuguese who snatched me away from the beach. It was that day, the day I was quietly strolling along with my younger brother and a couple of servants.

Suddenly I saw them hit our old faithful servants and then slit their throats. I do not know what they did to my little brother. It was all very confusing. I was terrified. I was only eight years old; my brother, I do not really know; he was small, delicate, and had obsidian eyes. In the midst of the pandemonium, I did not see what had happened to him. I hadn't thought about this in all these years. What I do remember is that I decided on that day that neither of those languages would come from my lips. I refused to produce them.

They never noticed that, in spite of my young age, I already spoke five languages, to which I added theirs, Spanish and Portuguese. I also learned Tagalog because I spent five years in the brothels Filipinos ran for the Spanish, Portuguese, and British sailors. However, I never let them know that either.

They call me Catarina de San Juan, but that is not my real name. That is the name they gave me, the people who baptized me to save my soul. We, my family, were from northern India, from an arid place, faraway. I remember we trekked overland for days and days before we arrived in the south. I don't actually know how long. I remember we would first camp in the desert at night and later in more jungle-like places. I loved seeing the nighttime stars while my mother told my little brother and me stories about our grandparents. I know it was a long trip because I remember several full moons along our journey.

We hadn't been in the southeast of India long before they kidnapped me. We had settled into a house as large as the one where I had been born. It had wide corridors where the fresh morning air lingered among white columns and the walls of intricate stucco designs. The interior fountains decorating the courtyards were filled with a subtle mist created by the morning breeze. The mist covered me completely, which I loved feeling when awaking.

Among the columns, I enjoyed running through the long corridors and seeing my clothes flying behind me like the tail of a shooting star. However, I did this in secret, when I knew no one could see me. If anyone realized what I was doing, they would scold me, telling me it wasn't appropriate for a girl of my standing. I knew what they were referring to even though my parents were simply my parents. I knew they were important people in India; they reminded me of this every day. They made me feel proud of who we were and where we came from, and at the same time, they taught me to be compassionate.

They call me Catarina de San Juan, but that is not my real name. That is the name they gave me. My brother, even though he was younger than me, was my father's heir. As his older sister, I would be his advisor, his conscience, the keeper of my family's cultural heritage. That would be my fate. I was destined to help him make difficult decisions in private because it was not a woman's place to appear in public in matters of the state. I was destined to help him during these difficult times to see with clarity and not doubt himself.

That is why, in spite of my young age, I received daily practice in making important decisions about the fate of the household. They were preparing me. It was up to me to decide what flowers would be bought every day, their color, type. It was up to me to decide what food would be eaten over the course of the week. However, I've forgotten so many things too. I remember we would go to the markets every morning to buy fresh produce for the day. I remember the limitless colors all around me. The air was filled with aroma of spices. I remember the scent of cinnamon, cloves, cardamom permeating my clothes. A pair of servants always took me, along with my grandmother, to the best food and flower stands. I selected whatever I thought best, which my grandmother would proudly and silently approve each time. I knew how to select fabric; I would choose the most beautiful colors, blues, oranges with golden threads interwoven, iridescent purples, reds, and white silks. I was fascinated by the delicate feel of silk in my hands. I've never felt that smoothness again. Perhaps it only existed in my imagination. I don't know, but that's how I remember it.

They call me Catarina de San Juan, but that is not my real name. That is the name they gave me. I knew how to read and write. I learned when I was very young. I had to be good at it in order to take care of the household budget. There was a tutor who was always with me, ever since I was a little girl. I imagine that was not typical. That's another secret I kept to myself when I got to Mexico. In Mexico, I realized that most adults didn't know how to read. As for me, since I'd been doing it for years, I could read and write in Spanish as soon as I learned the language.

It was also my duty to teach my brother to find solutions for the simple problems children have; they told me this very clearly. That was my destiny, and that's how I remember it.

After the Portuguese kidnapped me the first time, I'm not sure how I ended up with a group of Jesuits. They welcomed me. They baptized me. They protected me for a while, but it's all very foggy to me. They call me Catarina de San Juan, but that is not my real name. That is the name they gave me. However, the Portuguese had other plans for me. They kidnapped me again and took me to the Philippines.

That time was the worst. I was still very young. I must have been beautiful because I remember that when they left me at the brothel the women there started looking at my body, checking out my teeth, my hair, my most intimate parts. Many of the women were from China. There were a couple of Africans, and other girls looked like they were from India. I erased that time from my mind. I would just closed my eyes and let my mind wander to other places. Then, I wouldn't feel the rough caressing anymore, and the bodies that smelled like sweat mixed with alcohol no longer matter to me. They call me Catarina de San Juan, but that is not my real name. That is the name they gave me.

The first time I was very frightened. The other women bathed me in rose water; they rubbed me down with jasmine essential oils from head to toe. They wrapped me in soft fabrics, and painted my nipples, lips, and the tips of my fingers with a combination of honey and saffron powder. They brushed my long hair and adorned it with tiny white flowers. They made me eat caramelized ginger and gave me a kind of tisane to drink. I don't know what it was, but it kept me relaxed and produced heat in my body. Heat I had never felt before. And then, I felt a deep, deep pain in my soul, which to date, I have never been able to erase. I also remember a stench mixed with alcohol coming from the mouth of a man I don't even recall. When I awoke there was a red stain on the cotton sheets where I had been sleeping.

They call me Catarina de San Juan, but that is not my real name. That is the name they gave me. They say I spent around five years in the Philippines. I don't know precisely, and then one day I was put on a ship without any explanation. Who was going to bother telling me if I wasn't anyone? It took a long time to reach port. The trip lasted several months. I was on board with other people from Indonesia, with Indians and even Chinese. I remember the galleon was filled with stockings, scarves, bedspreads, and silk tablecloths. There were also Persian rugs, rolls of cotton from India, fans, chests of drawers, chests and trunks, lacquered jewelry boxes, combs, bells and jangles, folding screens and porcelain from Japan. They had cloves, pepper and cinnamon. They were also transporting camel wool, wax, carved ivory, reeds for making baskets, jade, amber, precious stones, wood, cork, shells covered in mother of pearl, nacre shells, iron, tin, gunpowder, and Chinese fruit.

We disembarked at the port of Acapulco. The captain took my arm and pulled me over to a man who was already awaiting at the Manila Galleon. They spoke for I do not know how long, but then he left. Years later I found out that he was one of the Viceroy's servants. The Viceroy had explicitly asked the captain to provide him with a woman as beautiful and exotic as a flower from his garden. Nevertheless, when I arrived in Acapulco, the Viceroy's financial situation was shaky, and he sent his servant to inform the captain he would not buy me.

A couple of nights I spent in the Acapulco port alongside other Filipinos, men, and women from Indonesia and China. We were all locked up. Most were in chains. They no longer needed to shackle me. I did speak with that group; they were my equals. I didn't understand everything they were saying, but the pain was the same. I thought I would be taken to another brothel. That didn't happen. Within a couple of days, a very rich man was watching me. The slave market wasn't open yet. However, we were outside while they were preparing for the auction that was about to begin. I saw him talking to the captain and giving him a significant amount of money. Then I was handed over to him. I was thirteen or fourteen years old at that time. They call me Catarina de San Juan, but that is not my real name.

We left in a caravan with an endless supply of things he had bought, including me. The trip was very hard. I traveled through landscapes I had never seen. I saw mountains similar to the ones from my childhood, but these had snow on top. I'd never seen snow before. At night when we were camping, I remembered the starry night sky from a trip with my parents. It was the first time I had thought of them since we'd been separated. The food I was given had different flavors. It was hearty and spicy. In some fashion, it reminded me of the food in India. At night during that trip, the sounds of the animals were completely unlike any animal sounds I had ever heard before. There was a feline purring that intensified my childish imagination and my nighttime fears.

We entered the city of Puebla before sunrise. The cobblestone streets were empty. In the distance, I could see the snow-covered volcanoes I was going to see for the rest of my life. As I entered the house where I would live for many years, the first thing I saw was a fountain in the courtyard. The house had corridors like the home of my childhood. It wasn't as big as my childhood home and, although it was beautiful, the finishes weren't as elaborate as in my parents' home. I was suddenly able to remember many things I thought I had forgotten. They took me to the kitchen and handed me a cup filled with a thick black liquid. I did not want to try it, but experience had taught me it was best to eat whatever they offered and whenever they offered it. To my surprise, it was delicious. It comforted me and gave me energy.

They call me Catarina de San Juan, but that is not my real name. That is the name they gave me. I lived in that house for many years. They treated me well, almost like the daughter they could never have. Although, in reality, I was just another servant who, unbeknownst to the lady of the house, provided sexual favors to the man who had bought me, but I wasn't the only one. I never liked doing it; I hadn't liked doing it in the Philippines either, but at least he wasn't demanding. The encounters were sporadic, and, as the years passed, they were reduced to simple caresses.

The church where I used to go to mass was right next to the house where I lived. I went to eight o'clock mass every morning. People there loved me. They would greet me and admire my clothes. My clothes were not like the ones I had in India, but I always tried to design them the way I remembered them. I did not have the same fabric, but I improvised. It was one of the few freedoms I had. I imagine it was part of my allure as well.

On the streets, there was a great deal of poverty and hunger. For years, even though I was a convert, I did not forget the religion I was born into. I had learned as a child to be devout. The least I could do was to hand out leftovers to the people living on the streets—the fruit and vegetables from the house that were going bad. I managed to hand out leftovers every day. I knew what it meant to be hungry. The church I went to liked that type of gesture.

In spite of my years there, I remained silent. I did not even speak with the other servants. That was not my world. My world and all its sounds, scents and colors had been left behind. They call me Catarina de San Juan, but that is not my real name. That is the name they gave me.

My clothing caught everyone's eye, and I wore it with pride. It was all that was left from the world I dreamed about, and to which, I knew I would never return. I was in the habit of covering my head whenever I went outside. That, along with my devotion, made people think I was a saint.

When the master of the house died, he freed me, but I knew I'd have to figure something out in order to survive. That's when I went to live with a Chinese man. I had known him for years. I agreed to live with him because I did not have a choice. That was the time when I began making a serious effort to make my clothes as well as possible. People loved them and bought them with enthusiasm.

I took advantage of the fact that people thought I was like a saint. That is when I realized I could have apparitions of the Virgin Mary. It was a sure way of making a little money without needing to look for a man. They call me Catarina de San Juan, but that is not my real name.

Now I've grown older. Women continue to knock at my door asking me to make dresses for them, like the ones from the land where I was born. Other people want to see me go into a mystical spell, but I can no longer do it. At night, I feel the nighttime hugs my mother used to give me before going to sleep, her lullabies and her warmth by my side. Now I will definitively return to my beloved India. Now no one will call me Catarina de San Juan; they'll call me by my real name. I'll return to that day on the beach with my little brother with his obsidian black eyes, and this time, yes, we'll make it home when we are supposed to, and our parents will be waiting for us with open arms. They call me Catarina de San Juan, but that is not my real name. That is the name they gave me, the people who baptized me to save my soul. My real name I no longer remember.

FLOR ENTRE LA BRUMA

Para Marco y Alicia

Llegó así nada más, sin avisar. Era casi el mediodía. Estaba sentado frente a la ventana que da a la calle, leía. Muy despacio la oyó venir deslizándose sutilmente, de manera casi imperceptible, la reconoció. Sólo unos oídos agudos la hubieron escuchado, él la reconoció. La temperatura que la acompañaba penetró a través de sus poros. Supo que era ella, entonces alzó la mirada. La vio entrar con esos contrastes que la hacen única; flotando, etérea, brumosa y al mismo tiempo decidida, con paso firme, agresiva.

Sentirse confrontado con su llegada, sobrecogido por aquella belleza, por aquel contraste entre fuerza y delicadeza, hizo clavarle la mirada, traspasarla. En ella, fuego se proyectó en la mirada. Silenciosamente se miraron a los ojos, leyéndose, adivinándose. En él, el cuerpo se endureció, se estremeció, se erizó… calló; ni su respiración podía distinguirse y a ese silencio siguió otro aún más largo. No había nada que decir, nada que contar.

Él se levantó y cerró la puerta mientras el viento arreciaba. Ella entró y recorrió cada rincón con sus ojos quietos, con sus ojos de verdad. Se sentó en la silla metálica junto a la mesa en la que él leía. Al regresar a su lugar él sólo la contempló, la veneró en silencio, la volvió a mirar sin decir una palabra. Tomó su libro y leyó: "...amar a una u otra flor entre la bruma...". Apenas terminó la frase cuando sintió la niebla y el viento helado azotarse en su ventana y ella ya no estaba allí.

Se sacudió, se desesperó, un choque eléctrico y azul corrió a lo largo de todo su cuerpo, entre cada una de sus células, de sus venas y sus arterias. Abrió los ojos, no era nada, únicamente su recuerdo. El soldado que le sostenía la cabeza dio la orden de un choque eléctrico más. Él le sonrió, no era nada, sólo el recuerdo de un otoño fugaz.

FLOWER IN THE MIST

For Marco and Alicia

She arrived without any warning. It was around noon. He was sitting in front of the window, the one that overlooks the street. He was reading. He heard her arriving, slowly and softly, with her undetectable manners. Only sharp ears could have heard her, and he recognized her.

Her temperature penetrated his pores. He realized it was her, and he looked up. He saw her enter with the usual contrasts that make her unique: floating, mystical, and at the same time, decisive and aggressive in nature.

Her arrival confronted him. He was overwhelmed by her beauty, the contrast between her strength and subtlety. He stared her down, slicing his gaze through her. Fire projected from her eyes. Silently, they looked into each other eyes, read each other's thoughts. His body hardened, he trembled. He became still; not even his breathing could be heard, and after that initial silence, a longer one followed. There was nothing to say, nothing to tell.

He stood up and closed the door as the wind blew more intensely. He looked at her once again without speaking. He took his book and read: "…loving one or another flower in the mist…" He had hardly finished the phrase when he felt the mist and the freezing wind slam against the window. But she was no longer there.

He shivered. He felt desperate. A blue and electric shock ran the length of his body, in between each of his cells, through his veins and arteries. He opened his eyes. It was nothing, only a memory. The soldier who was holding his head gave the order for one more electric shock. He smiled. It was nothing, just the memory of a fleeting autumn.

OTRA VEZ EL TANGO

Para Marco y Alicia

Otra vez vuelvo a escuchar la música mientras te hablo. Antes era bonita, como los tangos que solíamos bailar. Pero ésta, la del momento, ¿la oyes? Es como de iglesia, oigo un coro que en el fondo está cantando. Parece un coro de ángeles. No lo oyes ¿verdad? Vas a pensar que estoy loca pero no lo estoy porque me doy cuenta de lo que me pasa.

Yo no sabía si continuar o regresarme. Por un lado dejaba a mis guachitos y todo lo que conocía. Por el otro no iba a dejarlo ir solo. Ya le habían dicho que tenía mucha suerte de seguir vivo. Muchos de sus compañeros estaban desapareciendo. Yo tenía miedo cada vez que Marco salía a la calle. No sabía si iba a regresar o se lo iban a llevar, como ya se lo habían llevado por dos años, y no me lo fueran a devolver. Tuvimos sólo dos semanas para desarmar casa y arreglar el viaje. Yo tenía miedo de llevar fotos o cualquier otra cosa. Llevamos cada quien dos mudas de ropa, eso fue todo.

Entonces los aeropuertos no eran como ahora. Antes salías al patio donde estaban los aviones y caminabas, o te llevaba un autobús y subías la escalera portátil que se conectaba a la puerta de entrada del avión. Estaba al aire libre, no como ahora que por todos lados hay pasillos que te conectan directamente al avión. Fui la última persona en subir. Iba como sonámbula. Marco me jaló y la azafata me dijo, señora por favor ya suba. Yo sentía que el corazón se me rompía. No podía dejar de pensar en mis viejitos. No sabía cuándo iba a regresar, es más, ni siquiera sabía si podría regresar. Llegó un momento en que ya no sentía nada, estuve a punto de no entrar al avión. No quería irme. Marco me decía que caminara, que todo estaría bien, y yo lo tenía que acompañar, era mi esposo. No lo podía abandonar. Era una suerte que estuviéramos juntos.

Ya en el avión nos acompañaban unos agentes que nos escoltaban. El avión iba lleno de refugiados como nosotros. Nos escoltarían hasta que llegáramos a los Estados Unidos. Nosotros íbamos a Kansas City, los demás iban a otras ciudades, la verdad es que nadie preguntaba nada. Teníamos miedo hasta de nuestra propia sombra. No queríamos que nadie nos reconociera. Íbamos ensimismados en nuestras propias pérdidas, en nuestros temores. Para muchos era la última vez que oleríamos la tierra que nos vio nacer y se quedaba a unos metros bajo el avión. Era como una fría jaula metálica que nos llevaba lentamente al destierro pero con toda su frialdad era la mejor manera de tener seguridad, nosotros lo sabíamos, todos lo sabían.

Había agentes que nos escoltaban en el avión porque últimamente se había sabido que paraban los aviones con cualquier pretexto, el más común era recargar combustible. Otro pretexto era el supuesto mal clima, lo que fuera, y ya en otros países antes de llegar a los Estados Unidos bajaban hasta a familias enteras que luego nadie sabía dónde terminaban. Supimos de lo que pasaba porque algunas personas sobrevivieron quién sabe por qué razón. Esos, los que tuvieron suerte, aparecieron meses después en cárceles en otros países. Yo nunca estuve muy segura de que aparecer en una cárcel extranjera, sin ningún otro miembro de la familia, era tener suerte. Pero el hecho fue que por ellos, los que sobrevivieron, supimos que muchas personas no llegaron a los países donde los habían aceptado para comenzar otra vida. En el avión íbamos todos callados. Nadie hablaba mucho, no estábamos ni tristes ni contentos. La verdad no me acuerdo de casi nada. Todo era muy raro, nebuloso. Yo no tenía ni idea de hacia dónde íbamos. Ni sabia el idioma y sólo sabía que viviríamos con la familia que nos había pagado la salida y los boletos de avión. Mira, espera un momento, todavía tengo el pase de abordaje de ese vuelo. Aquí está. Fíjate en la fecha. Aquí está el de Marco también. Cómo se ha puesto amarillo el papel. Ya casi ni se puede leer lo que tiene escrito. Cuántos años. No sé por qué los guardé todo este tiempo. No nos trajimos ni las fotos de boda. Eso si me hubiera gustado traer conmigo, por lo menos una. Nada más pudimos traer dos mudas de ropa. Lo demás lo repartimos. Otras cosas se quedaron en casa como mi álbum de boda. Yo tenía la ilusión de que algún día regresaríamos.

Yo no quería venir pero después de dos años de buscar y buscar a Marco por todos lados y finalmente encontrarlo no me quedó de otra. Lo mejor era que lo encontré vivo. Ya no lo iba a dejar, ya nadie nos iba a separar. También tenían miedo de que si me quedaba me agarraran a mí para obtener información de Marco o de los otros. Fue una suerte que nos aceptaran en Kansas City.

El avión iba lleno de gente como muerta en vida. Nadie se veía de frente. Queríamos pasar desapercibidos. Me parece que algunos terminaron en países de Europa. Nadie preguntaba nada. Lo importante era que estábamos vivos. Marco y yo estábamos juntos otra vez. Había muchos hombres y mujeres solos. A esos sí se les veía la muerte en la cara. No recuerdo que los pocos niños que iban en el avión hicieran ruido. Todos teníamos mucho pesar. No teníamos fuerza para nada.

Fue en Miami donde nos dejaron los agentes. Nada más así. Me acuerdo que teníamos un hambre enorme. Nos moríamos por un café caliente pero no llevábamos dinero. ¿Cómo íbamos a llevar si apenas y llevábamos el alma entera? No recuerdo quién, me parece que fue un hombre moreno, nos pagó dos tazas de café.

¿No lo escuchas? Otra vez es el tango. Es el favorito de Marco. ¡Ay mi Marquito! ¡Cómo me hace falta! ¡Qué bonita música! Otra vez los coros. Prefiero el tango. Así siento que estoy bailando entre sus brazos como lo hacíamos cuando éramos novios. Fíjate que anoche lo sentí junto a mí en la cama. Clarito sentí cuando se acostaba. No me dio miedo. Otra vez el tango. ¡Que no pare! ¡Qué bonito! ¿No lo oyes? Vas a pensar que estoy loca pero no lo estoy porque me doy cuenta de todo lo que me pasa.

TANGO AGAIN

For Marco and Alicia

Again I hear the music. While talking with you, I hear it. It used to be beautiful; it was like the tangos we tended to dance. But this music, the music right now, can you hear it? It's like church music. I hear a choir singing in the background. It's like a choir of angels. You don't hear it, right? You're going to think I'm crazy, but I'm not because I realize what is happening to me.

I didn't know if I should continue on or go back. On the one hand, I was leaving behind my parents, and everything I was familiar with. On the other hand, I was not going to let him leave alone. He had been told by others how lucky he was to still be alive. Many of his friends were disappearing. I was fearful every time Marco left the house. I didn't know if he was going to return or be taken away as he had been taken away before for two years and not be returned to me. We only had a couple of weeks to pack up our house and make arrangements for our trip. I was afraid to bring pictures with me, or anything else. We each packed two sets of clothing, and that was everything.

Back then the airports were not as they are now. Before, you had to go outside to the tarmac, where the airplanes were, and you had to walk or get on a bus that would take you to the mobile escalator that connected to the entrance of the plane. It was outdoors, not like now, with jetways everywhere that connect directly to the airplane. I was the last person to board the plane. I felt like I was sleepwalking. Marco tugged at me, and the flight attendant asked me to please hurry and board. I felt as if my heart was breaking. I could not stop thinking about my parents. I didn't know when I was going to return. What's more, I didn't even know if I was going to be able to return at all. There was a point when I didn't feel anything. I almost didn't board the plane. I didn't want to leave, but Marco insisted I walk. That everything was going to be all right, and I had to accompany him; he was my husband. I couldn't abandon him. It was luck that we were together.

Once inside the plane, several agents escorted us. The plane was filled with refugees like us. The agents accompanied us until we arrived in the United States. We were going to Kansas City, others to different cities. Honestly, nobody asked questions. We were afraid, even of our own shadow. We didn't want anyone to recognize us. We were all consumed by our own losses and fears. For many of us, this was going to be the last time we would smell the land that had given birth to us, and was now, just a few meters below us. Sitting there was like being in a cold metal cage that was slowly taking us to banishment, but even though it felt heartless, it was our best option for safety. We knew this. Everyone knew this.

The agents accompanying us did so for our own protection since it was known that the planes were being stopped under any pretext. The most common excuse was to refuel, or because of supposed bad weather, or any other excuse. In other countries, entire families were being forced off planes before arriving in the United

States, and then no one knew where they ended up. We found this out from people who had survived, for whatever reason. These people, the lucky ones, turned up in jails in foreign countries. I have never been certain that turning up in a foreign prison, without any other family member, was somehow lucky. However, it was because of them, the ones who survived, that we found out that many people had never arrived in the countries where they had been accepted to start a new life.

We were quiet in the plane. No one was speaking much. We were not sad or happy. The truth is that I don't recall much at all. Everything was unusual, almost hazy. I didn't know anything about the place we were going. I didn't even know the language. I only knew that we were going to live with the family who paid for our airfare. Wait a second; look, I still have the boarding pass from that flight. Here it is. Look at the date. Here is Marco's too. You almost can't make out the letters anymore. Years have gone by. I'm not sure why I even kept them after all this time. We didn't even bring our wedding pictures. That's something I wish I could've brought with me, at least one. We only brought two changes of clothing. Everything else we gave away. Other things remained in our home, such as my wedding album. I had the hope of going back one day.

I didn't want to come, but after searching for Marco everywhere for two years and finally finding him, I didn't have a choice. The best thing that happened was that I found him alive. I was not going to leave him; no one was going to separate us now. I was also afraid that if I stayed, I would have been taken into custody in order to get information out of me about Marco, or about the others. It was luck that we were accepted in Kansas City.

There were many people on the plane who seemed dead but alive. No one made eye contact. We wanted to remain unnoticed.

We were all going to different countries. It seems to me that some ended up in European countries. Honestly, no one asked anyone else anything. What was important was that we were alive. Marco and I were together once again. Many men and women were alone. We could see death in their eyes. I don't remember the few children on the plane making any noise. We were all filled with sorrow. We didn't have any energy for anything else.

The agents were with us until we reached Miami. I remember we were famished. We could have really used a hot cup of coffee, but we didn't have money on us. How were we going to have money on us when we could barely carry our souls? I don't remember who it was. I think it was a black man. He paid for our two cups of coffee.

Don't you hear it? It's the tango again. It's Marco's favorite tango. Oh, my Marquito! God, I miss him! What beautiful music! The choir is singing again. I prefer the tango music. That way I feel like I'm dancing in his arms just as we did when we were dating. You know, last night, I felt him beside me on the bed. It was so clear to feel him next to me. It didn't scare me. It's the tango music again. Don't let it stop! It's so beautiful! Don't you hear it? You're going to think I'm crazy. But I'm not. I'm aware of everything that is happening to me.

LUNCH BREAK

De pronto dejaron de cantar. Fue extraño. La claridad la sorprendía. El ambiente, de tono dorado con destellos azul celeste del cielo, la tenía mesmerizada. Tanta paz. El sándwich que comía era de pan con pasitas doradas. Lo disfrutaba al igual que los rayos de sol en su cara. No dejaba de admirar el azul del cielo con algunas nubes blancas y la luz, especialmente la luz. Tanta claridad le encantaba. Seguía intrigada por el repentino silencio de las aves. Las aves dejaron de trinar de momento y en su lugar fue descubriendo otros sonidos. El rumor de una plática, risas de niños, un motor a lo lejos de lo que pensaba era una máquina pequeña. Observaba a la gente caminar, algunos sin prisa, otros demasiado rápido. No quería ver su reloj, quería dejar pasar al tiempo. Dio otra mordida a su sándwich y los sabores explotaron en su boca. Cerró los ojos y el sabor dulce de una pasita dorada se combinó con la textura crujiente de una nuez. Masticó con calma sin abrir los ojos. Disfrutó los sabores dorados en la boca. Tragó su bocado con gusto.

Abrió los ojos y descubrió asombrada a un niño, parado frente a ella en silencio, la miraba con curiosidad. El niño, de apenas cinco años, salió corriendo en cuanto ella abrió los ojos y posó su sorprendida mirada en él.

Los pájaros seguían sin trinar. De pronto, uno cruzó ante su vista. Era pequeño, parecía fuera de lugar. No cantaba. Volaba rápidamente como huyendo de algo. La gente seguía caminando de un lado para el otro. Repentinamente, una cola larga de gente se atoró en una de las escaleras eléctricas. No le quedó más remedio que ver su reloj al tiempo que suspiraba. Dio la última mordida al sándwich que había comprado hacía unos momentos, con su descuento de empleada del aeropuerto, de uno de los muchos negocios de comida que había ahí. Era un gusto que se daba una vez al mes. Una vez al mes no llevaba su almuerzo de casa, gastaba en ese sándwich, que tanto le gustaba. Ahorraba todo un mes para poder saborearlo sin tener que pensar en nada más que en ese sándwich de pan con pasitas doradas que tanto le gustaba.

Se levantó sin ganas de la silla metálica colocada en el segundo piso, junto al balcón, desde donde se podía disfrutar de los rayos de sol que penetraban por el techo encristalado del aeropuerto. Dio unos pasos con mejor ánimo y sacó del bolsillo derecho de su uniforme el horario del turno de la tarde. Se dirigió al baño que estaba cerca a la puerta B58. Firmó la lista que estaba a un lado de la puerta, volvió a ver su reloj y apuntó la hora. Salió del baño por un momento para echar una última mirada a la gran cúpula desde donde se veía un pedazo de cielo azul y algunas nubes blancas. El aeropuerto parecía más lleno que antes. Los pájaros seguían sin cantar. La luz seguía siendo hermosa, la sentía en la cara. Cerró los ojos y pensó en el azul del mar. Sintió un escalofrío que recorría toda su columna vertebral mientras de su mano derecha se escapaba el horario de trabajo impreso en letras negras sobre un rígido papel blanco.

LUNCH BREAK

Suddenly, they stopped chirping. It was bizarre. The clarity surprised her. The atmosphere, which was gold in color and had patches of blue sky, mesmerized her. The moment was filled with peace. The sandwich she was eating was on golden raisin bread. She enjoyed it as much as the sunshine on her face. She couldn't stop admiring the blue of the sky with a few white clouds and the light, specially the light. She loved all the clarity. She continued to be intrigued by the sudden silence of the birds. And instead of the chirping, she was discovering other sounds. She heard the murmur of a conversation, the laughter of children, a motor in the distance, which she thought sounded like that of a small engine. She observed people walking, some took their time and others went along much too fast. She refused to look at her watch; she wanted to be present. She took another bite of her sandwich and the flavors burst in her mouth. She closed her eyes, and the sweet flavor of a golden raisin combined with the crunchy texture of a walnut. She chewed the sandwich quietly without opening her eyes, enjoying the golden flavors in her mouth. She swallowed a mouthful with gusto.

When she opened her eyes, she was surprised to see a young boy standing silently before her, looking at her with curiosity. The boy, barely five years, ran away as soon as she laid her surprised gaze on him.

The birds continued without chirping. Suddenly, she saw one fly by. It was small and seemed out of place. It wasn't chirping. It flew by quickly as if fleeing from something. People continued to walk from one place to another. All of a sudden, a long line of people got stuck on one of the escalators.

She had no choice but look at her watch, and sighed. She took the last bite of the sandwich she had just bought from one of the many food stalls, with her airport employee discount card. It was a pleasure she allowed herself once a month when she didn't bring lunch from home. She saved money all month just to buy that sandwich on golden raising bread she loved, and enjoy it without having to think about anything else.

She rose reluctantly from the metal chair on the second floor, next to the balcony, where the sunshine beamed down from the skylight. Feeling more encouraged, she took a few steps and pulled out her afternoon work schedule from her uniform's pocket. She headed to the bathroom close to gate B58. She signed her name on the roster that was next to the door. She glanced at her watch again and wrote down the time on the roster. She left the bathroom to take one last look at the grand skylight from where a piece of blue sky and white clouds could be seen. The airport seemed more crowded than before. The birds were still not singing. The light was still beautiful, she felt it on her face. She closed her eyes and thought about the blue sea. She felt a chill go down her spine just as her work schedule, printed in black ink on stark white paper, slipped away from her right hand.

DESPUÉS DE LOS PUENTES

Un expreso con cardamomo recién molido hacía que su día comenzara bien. Si le daba tiempo, una taza de yogurt con frambuesas sin azúcar. Se levantó temprano. Cada mañana, Mariana corría por toda la casa entre el baño y el dormitorio antes de salir a trabajar.

Mariana había llegado a los Estados Unidos hacía aproximadamente dieciséis años. Ciudad Vieja en Guatemala, donde había estudiado, quedaba a unos kilómetros de La Antigua. Cuando le entraba la nostalgia pensaba en los campos interminables de cafetales verde oscuro que había entre La Antigua y Ciudad Vieja. También pensaba en los sembradíos de cardamomo que apenas hacía unos años fueron llevados a Guatemala.

Cuando llegó a los Estados Unidos su compañera de cuarto en la universidad era de la India. Fue ella quien le explicó que en la India se tomaba el café con cardamomo para agasajar a cualquier invitado. Le dijo que entre más cardamomo se agregara al café más se quería halagar a los convidados. Mariana enseguida adoptó esa nueva costumbre y la volvió un ritual de cada mañana.

Aunque el tiempo por las mañanas parecía no alcanzarle, se tomaba unos minutos para moler su café con cardamomo. Luego lo ponía en su cafetera italiana para después tomarlo al tiempo que aspiraba y evocaba sus tardes en Guatemala. A veces se acordaba de las ocasiones que con sus amigas iba al café la Condesa. Un cafecito de moda que estaba en frente del parque en la cuadra principal de La Antigua y donde todos los jóvenes estudiantes se reunían. Le fascinaba la casa colonial convertida en espacio público. El patio y los corredores llenos de mesas, gente joven y extranjeros acalorados tratando de descifrar las variedades de café que se ofrecían. Le encantaba ver cómo la luz del sol traspasaba la red de hojas que se creaba con todos los árboles y plantas tropicales que adornaban el patio interior. Era como un constante titilar en varios tonos de verdes que iban desde el verde amarillo hasta el verde negro.

Llegó a los Estados Unidos para comenzar su maestría y continuar con su doctorado. Su inglés mejoró en los primeros seis meses que estuvo en la universidad. Era de piel morena clara y se le notaban los rasgos mayas en los ojos y pómulos de la cara. Su sangre quiché-mestiza le reclamaba una parte de su existencia, la cual la hacía parecer una princesa maya en su telar de cintura multi colorido. Cada mañana salía de su casa y empezaba un recorrido por Roe, a la altura de la 95, en la Ciudad de Kansas. Vivía en uno de los suburbios de clase media alta, donde otros profesionistas habitaban en casas con aroma a velas de *French Vanilla,* con jardines matemáticamente podados y árboles frondosos llenos de un verde uniforme perfecto. Casas que oscilaban entre los colores *off-white,* beige y pardo, impecables, donde todo tenía su lugar y nada estaba fuera de ese orden.

Al subirse a su auto seleccionaba invariablemente el cassette con música de marimba guatemalteca que le había regalado su mejor amiga la noche anterior a la que dejara Guatemala. El cassette tenía todas las piezas que a Mariana le gustaban y que Carmen, su amiga, había escogido con cuidado para que no se le fuera a olvidar de su país, y mucho menos de su amistad. Por veinticinco minutos recorría Roe hacia el Norte de la ciudad. Pasaba una tras otra las casas con jardines perfectamente podados, con flores eternas que iban naciendo de acuerdo a la estación del año, excepto en el invierno. Conforme se adentraba más hacia el norte de la ciudad los jardines empezaban a desaparecer casi imperceptiblemente. A la altura de Johnson Drive estaba el primer puente que cruzaba para llegar a su destino de cada mañana. Aspiraba profundamente y pensaba en el libro de Miguel Ángel Asturias que estaba leyendo. Un libro de poesía que no era muy conocido.

> Con los dedos se peinaba
> La memoria de cabellos de lago
> De la que caían idiomas lacustres,
> Silábicos, tatuados de burbujas
> Y todos los sonidos
> De las palabras acuáticas...
> Las palabras,
> Operarias de la luz

Intentó recordar cuándo había leído por primera vez a Asturias. Había sido en la preparatoria, allá, en Guatemala. Se repetía la estrofa que había memorizado, mientras pasaba el primero de los puentes de su diario recorrido. Casi de inmediato pasaba al lado del *Mexican Price Chopper*, como le decían algunas de las personas con las que Mariana trabajaba. Sabía que otro puente venía en unos cuantos metros, con esa idea en la cabeza, evocaba unas ricas rebanadas de piña madura, qué delicia, lo decía en voz alta, como queriéndolas aparecer. El segundo puente había desaparecido con el ruido de la carretera I-35 por debajo. Un mango jugoso y maduro aparecía en su mente.

Continuaba en 18th Street Expressway, ya falta poco, se decía en voz alta, al tiempo que la mitad del primer lado del cassette se terminaba, la sandunga estaba por empezar. Lentamente los colores de la ciudad iban cambiando. Había menos árboles. En los pocos que había se veía de vez en cuando una que otra bolsa de plástico enredada en su follaje. Luego, el puente que la llevaba para la salida de la avenida Kansas donde unas vías férreas eran la frontera que la esperaban cada mañana. Le daban la bienvenida autos con abolladuras que deambulaban por la calle y varios edificios, antes bodegas, con paredes de concreto sin pintar. Muchos de los jardines perfectos se habían esfumado. Sólo quedaba en algunas casas el rastro de lo que fuera uno que otro jardín en la parte frontal.

La panadería, pensó Mariana, tengo que comprar pan dulce para la junta con los padres de familia, veinte en total, no, me faltan los padres de Jaime y Gabriela. Luego, 10th Street con su gasolinera polvorienta y con rejillas metálicas entre el cajero y un cliente que compraba cigarrillos. A continuación, el último puente antes de llegar a su lugar de trabajo. Por abajo se veía un centenar de vías con trenes estacionados. A veces le tocaba oír cuando los motores de los trenes se encendían y los silbatos avisaban que sus largos viajes estaban por comenzar.

Después del puente, ropa de niños azul, roja, amarilla, blanca, tendida en tendederos improvisados. Luego el llanto de algunos niños por un juguete roto que no querían compartir, mientras la madre acababa de colgar la ropa recién lavada. El carrito metálico que brillaba con la luz del sol del supermercado abandonado tenía ya una semana de estar en el mismo lugar y un zapato negro roto colgado de las agujetas caía por uno de sus costados. La señora que colgaba la ropa en el tendedero se le quedó viendo al auto en el que iba Mariana. Mariana le tocó la bocina a la vez que bajó el cristal de una de las ventanas para que la mujer se diera cuenta de que era ella. La mujer la saludó con una sonrisa. El sonido a todo volumen de una canción de Vicente Fernández…*una rosa pintada de azul es un motivo*… se oía a lo lejos compitiendo con la voz, también a todo volumen, de Celia Cruz… *todo aquel que piensa que la vida es*….

Tengo que hablar con los padres de Juan y también conseguir transporte para Joaquín. Sus padres no saben escribir, se decía Mariana a sí misma, que no se me olvide, agregó a su solitario monólogo interior. Voy a pedirle a la Sister Anita que sea testigo para que me puedan autorizar el permiso por escrito del transporte para Joaquín, continuó.

Maguito no ha venido a clases en una semana, se acordó. Su madre se quedó sin trabajo, hicieron recorte en la fábrica para palomitas. Ojalá esté cuando la llame, pensaba Mariana casi en voz alta.

El estacionamiento con planchas de concreto roto la aguardaba. Mariana tenía un lugar reservado para ella, se lo había ganado. Antes, ese patio había sido parte de la antigua primaria del barrio. Después de que la cerraron, el edificio quedó sellado por varios años hasta que ella y otros activistas comunitarios la pudieron comprar y rehabilitar con la ayuda de los vecinos. Era un centro de apoyo escolar para niños, con clases de inglés por las noches para los padres de familia que a su vez la hacía de confesorio amoroso, judicial y de lo que fuese necesario.

Cuando Mariana acabó de estacionar su auto, dos personas la saludaron desde lejos. Eran los padres de Joaquín quienes a pesar de no tener auto estaban llegando al mismo tiempo que ella. La madre le llevaba un par de gorditas para el desayuno, a manera de agradecimiento, por ayudarlos con el transporte para su hijo. Aunque Mariana les había explicado con anterioridad que no tenían que hacerlo la madre de Joaquín insistía en llevarle algo de comer siempre que tenía una cita con ella.

Uno tras otro los padres fueron y vinieron, igual que los documentos, las llamadas por teléfono y juntas con el personal del centro comunitario.

Supo que el final del día se estaba acercando porque poco a poco el ritmo se fue haciendo más lento. Por cada minuto que pasaba el silencio fue acrecentándose hasta que casi nadie, excepto ella y sus compañeros de trabajo, se quedaron solos en el edificio viejo con imágenes de latinos exitosos en las paredes blancas, palabras en español hechas en papel de colores y con un inconfundible aroma a limpio por todos los rincones de éste.

Vio el reloj para comprobar la hora. Finalmente se atrevió a apagar su computadora, una de las tantas *snail computers* que había. Antes de irse bajó al sótano pintado de gris y azul. Fue directo a la cocina y abrió el refrigerador para recoger las gorditas que la madre de Joaquín le había dado esa mañana. Igualitas a las de Camargo, Chihuahua, doña Mariana, ¿y a poco no son idénticas a las de Guatemala?, le dijo la madre de Joaquín cuando se las entregaba. Mariana sólo sonrió cuando la madre de Joaquín se lo decía.

A la mañana siguiente, al tiempo que tomaba el primer sorbo de café, cerró los ojos y aspiró el aroma que producía la combinación de café con cardamomo en su taza de cerámica. Al primer sorbo de café escuchó el sonido de una marimba a lo lejos. Con el segundo sorbo el color turquesa del cielo de la plaza de la Antigua, con sus frondosos árboles verdes apareció en su mente. Otro sorbo de café y los dulceros de la plaza le ofrecieron dulces blancos de leche y de coco rallado teñido de rosado. Esa mañana recordó las tardes de domingo en las que paseaba con su madre por la plaza del parque antes de regresar a Ciudad Vieja. El motor de su auto se encendió, sintió el sabor de mango jugoso y se le hizo agua la boca mientras el sonido de marimbas iba llenando las cuatro esquinas de la plaza. Un pájaro de largas plumas verdes e iridiscentes atravesó el cielo turquesa de esa tarde de domingo con su madre.

AFTER THE BRIDGES

Coffee, freshly ground espresso with cardamom, allowed for a good start to her day. If she had time, she would have a cup of yogurt with unsweetened raspberries. She got up early and ran around the entire house, from the bathroom to the bedroom, before going to work.

Mariana had come to the United States about sixteen years earlier. Ciudad Vieja, in Guatemala, where she had studied, was a few miles from her hometown La Antigua. When she felt homesick, she thought of the endless, dark green coffee fields that were between La Antigua and Ciudad Vieja. She also thought about the cardamom fields. Cardamom seeds had been imported to Guatemala just a few years earlier.

In the United States, her college roommate was from India. It was she who explained that in India coffee was prepared with cardamom to honor guests. She said that the more cardamom in the coffee, the more of a compliment it was for the guests. Right away Mariana adopted this new custom, which became a morning ritual. Even though she never had enough time in the morning, she was now taking a couple of extra minutes to grind her coffee with cardamom, which she poured into the Italian coffee pot to enjoy its aroma later and remember her afternoons in Guatemala. Sometimes she recalled the occasions she used to go to Café la Condesa with her girlfriends. It was a trendy little café in front of the park on main street in La Antigua, where young students would gather. She was fascinated by the colonial house that had been converted into a public space. The courtyard and the walkways were filled with young people and foreigners who excitedly deciphered all the varieties of coffee offered at Café la Condesa. She loved how the sunlight came through the tangled leaves of the decorative trees and tropical plants in the courtyard. The theme was titillating with its variety of shades, from yellow to deep dark greens.

She arrived in the United States to begin her master's degree and continue with her doctorate. Her English improved the first six months she was at the university. Regardless of her light brown skin, her Mayan facial features were noticeable in her eyes and cheek bones. Her Quiché-Mestiza blood was an important part of her existence, which made her seem like a Mayan princess at a multi-colored loom.

Every morning she left the house and drove down Roe to 95th Street in Kansas City. She lived in one of the upper middle class suburbs, where other professionals lived in homes with aromas of French vanilla candles, with mathematically trimmed lawns and perfect rows of leafy green trees. The houses were impeccable and ranged between colors off-white, beige and brownish-gray, where everything had its place and nothing was out of order.

When she got into her car, she invariably chose the Guatemalan marimba cassette that her best friend had given her the night she left Guatemala. The cassette had all the songs that she liked and that Carmen, her friend, had chosen carefully so that Mariana would not forget Guatemala, and much less of their friendship.

For twenty-five minutes, she drove on Roe north to the city. She passed, one by one, the houses with perfectly manicured gardens and flowers that seemed to grow eternally, depending on the season except winter. As she continued further north into the city, the gardens began to disappear almost unnoticeably. At the height of Johnson Drive, she crossed the first bridge. She breathed deeply and thought about the book by Miguel Ángel Asturias that she was reading. It was a book of poetry that was not very well-known.

> *Con los dedos se peinaba*
> *La memoria de cabellos de lago*
> *De la que caían idiomas lacustres,*
> *Silábicos, tatuados de burbujas*
> *Y todos los sonidos*
> *De las palabras acuáticas...*
> *Las palabras,*
> *Operarias de la luz*

She attempted to remember when she had first read Asturias. It had been in high school back in Guatemala. As she went over the first bridge, she repeated the verse she had memorized. Almost immediately, she went past the Mexican Price Chopper, as some of the people she worked with called it. She knew that another bridge was only a few meters away, and with this idea in mind, she conjured up some delicious slices of ripe pineapple and juicy mango. Oh, so delectable, she said out loud, as if wanting them to appear. By then, the second bridge had disappeared, along with the noise from I-35 Highway.

She continued onto 18th Street Expressway. So very close now, she said, just as the first side of the cassette ended, and *La*

Sandunga was about to begin playing.

Slowly the colors of the city changed. There were fewer trees. Occasionally a plastic bag got tangled in their foliage. Then on to the exit bridge connecting to Kansas Avenue, and the railroad tracks that served as a border. She was welcomed by dented automobiles sauntering the streets and various unpainted concrete buildings that used to be warehouses. Many of the manicured gardens by now had all but disappeared, and only a trace of one or two remained.

The bakery, Mariana thought, I have to buy pastries for the parent-teacher conferences today, twenty in all; No, I need to include Jaime and Gabriela's parents. She passed 10th Street with its dusty gas station with metal bars between the cashier and a customer, who was buying cigarettes. She continued on and came to the last bridge before arriving at her workplace. Underneath the bridge hundreds of railroad tracks spread out peppered with idle trains. Sometimes she would hear the train engines, their whistles announcing that a long journey was about to begin.

After the bridge, blue, red, yellow and white children's clothing hung on makeshift clotheslines. Then, some children crying over what appeared to be a broken toy they did not want to share, while the mother finished hanging wet clothes. A grocery shopping cart that had been left out for a week was still in the same spot. It gleamed under the sunlight, and from it, a torn black shoe dangled on its side by its shoelaces. The woman, who was hanging clothes, stared at Mariana's automobile. Mariana honked the horn and rolled down one of the windows so that the woman would notice it was her. Immediately the woman greeted her with a smile. Outside, Vicente Fernández voice boomed "*...una rosa pintada de azul es un motivo....,*" the volume was turned high and could be heard from a distance along with another voice singing just as loud. This other voice was Celia Cruz "…*todo aquel que piensa que la vida es….*"

I have to speak with Juan's parents and also find transportation for Joaquín, she reminded herself. Joaquín's parents didn't know how to write. She made a mental note not to forget. I'll ask Sister Anita to be a witness so I can get written authorization for Joaquin's transport, she uttered.

Maguito has not come to class in a week, she remembered. Her mother was laid off, cuts had been made at the popcorn factory. Hopefully, she'll be there when I call her, Mariana thought.

The parking lot with broken slabs of cement awaited her. Mariana had a reserved parking space. She had earned it. The parking lot had been part of the former neighborhood elementary school. After the school closed, it remained boarded up for several years until Mariana and other community activists bought and remodeled it with the help of the neighbors. It now housed an after school program for children, English classes in the evenings for parents, and a space for any other amorous and judicial confessions, and other business as needed.

When Mariana finished parking her car, two people greeted her from afar. They were Joaquín's parents who, despite not having a car, were arriving at the same time as her. Joaquín's mother handed her a plate of *gorditas* for breakfast, as a thanks for helping them with transportation for their son. Although Mariana had already explained to them that they did not need to do anything in exchange, Joaquín's mother insisted on taking her something to eat whenever she had an appointment with her.

One after another, parents came and went, as the documents, phone calls, and the meetings with the community center staff.

She knew that the end of the day was approaching because the pace was gradually slowing down. As the minutes went by, silence encroached upon them until almost no one, except her and her co-workers, were left in the old building with images of successful Latinos on white walls, words in Spanish written on colored paper, and an unmistakable scent of cleanliness in every corner.

She looked at the clock to check the time and dared finally to switch off her computer, one of the many snail computers that were there. Before leaving she went downstairs to the blue and gray basement, straight to the kitchen, and opened the refrigerator to collect the *gorditas* Joaquín's mother had given her that morning. They're just the same as the ones from Camargo, Chihuahua, Miss Mariana. Aren't they the same as the ones from Guatemala? Joaquín's mother said when she handed them to Mariana that morning.

The next morning, as she took the first sip of coffee, she closed her eyes and inhaled the aroma of coffee with cardamom from her ceramic cup. With the first sip, she heard the sound of marimbas in the distance. With the second sip, the turquoise sky over the town square of La Antigua and its lush green trees materialized in her mind. Another sip of coffee and the candy vendors in the town square offered her white milk candy and shredded coconut sweets dyed pink. That morning she remembered the Sunday afternoons when she was out with her mother walking at the town square before returning to Ciudad Vieja.

Outside, her car engine ignited, and she tasted the flavor of a juicy mango, and her mouth began to water; meanwhile, the sound of the marimbas filled the four corners of the town square. A green bird with long and iridescent feathers crossed the turquoise sky that Sunday afternoon Mariana spent with her mother.

SCOFIELD 207

El sol parecía inexplicablemente azul esa tarde, los pensamientos de mis estudiantes se podían leer en el aire. Repentinamente, una luz violeta entró por la ventana lateral del salón donde cada día daba clase.

El cuaderno de cubierta verde que reposaba en el escritorio empezó a temblar cuando me sintió cerca, y la pluma de tinta negra no cesaba de escribir. Seguía y seguía llenando las hojas en blanco con caracteres extraños imposibles de comprender.

No estaba segura de lo que la pluma me quería comunicar, pero pensé que quería decirme algo. Continuó garabateando sin cesar sobre las hojas en blanco.

Poco a poco empecé a descifrar los caracteres, las letras, las palabras…la pluma de tinta negra seguía escribiendo en las hojas en blanco, como en la manta de una gran pintura, hasta que repentinamente el personaje del cuento me comenzó a hablar. Se levantó del papel, me tomó con sus manos y me arrastró hacia la hoja con líneas y manchas de tinta negra. No podía creer lo que estaba pasando pero ahora todo empezaba a tener sentido.

Yo era el personaje de la historia, esa era mi mano, yo no existía allá afuera, sino en el papel. Yo había nacido con esa historia y ahora era tiempo de regresar a casa.

Pensé en todo lo que había visto, oído, sentido allá afuera en el mundo real y antes de sumergirme en el papel di un último respiro al aire cristalino, y pude ver cómo el sol azul se iba poniendo en el horizonte, y cómo la luz violeta de la ventana lateral desaparecía lentamente con la llegada de la noche blanca.

SCOFIELD 207

The sun seemed inexplicably blue that afternoon; my students' thoughts could be read in the air. Suddenly, a violet light came through the side window in the classroom where I was teaching every day.

The notebook with a green cover that lay on the desk started to tremble when it felt me close by, and the black ink pen did not stop writing. It went on and on filling the blank pages with strange characters impossible to understand.

I wasn't sure what the pen wanted to communicate, but I thought that it wanted to tell me something. It went on and on scribbling on the blank pages.

Slowly, I was able to decipher the symbols, the letters, the words… the black ink pen continued writing on the blank pages, as if on a canvas of a great painting, until suddenly, the character of the story began to speak to me. She came up out of the paper and took me with its hands, pulling me into the lined page with its stains of black ink. I could not believe what was going on, but now everything began to make sense .

I was the character of the story; that was my hand. I did not exist there, outside. I now only existed on paper. I had been born with that story and now it was time to go back home. I thought about everything I had seen, heard, and felt. There, outside, in the real world, and before submerging myself into the paper, I took one last breath of clean, crystal air. I could see how the blue sun was setting along the horizon, and how the purple light from the side window slowly disappeared with the arrival of the white night.

EN EL CAFÉ DE LA CALLE HUANJUE XIANG

Hoy tengo ganas de un café, pensó. En China es un lujo tomar una taza de café fuera de casa, se recordó a sí misma. En aquel atardecer rosado ella caminaba cerca de la torre de la campana, en el corazón de Xi'an, cuando súbitamente vio una escalera que descendía un piso abajo del nivel de la calle. El olor a café que brotaba del fondo de la escalera la guió, su nariz temblaba con el fuerte aroma de café recién hecho.

Mientras descendía notó que la angosta escalera estaba en ángulo de cuarenta y cinco grados y, que además de ser estrecha, la pared a su derecha tenía incrustadas rocas irregulares. Algunas de estas piedras eran pequeñas, otras más grandes y mostraban la antigüedad del edificio. El descenso le pareció interminable y al fondo de la escalera empinada la luz desaparecía gradualmente substituida por un sombrío tono rojo.

Al llegar al fondo de la escalera se sintió excitada. La fragilidad de la luz contrastando con el acentuado color rojo de las lámparas de tela que colgaban del techo, el olor a café, la intimidad del lugar la transportaron a otro tiempo, a otro espacio, a otra China.

Poco a poco sus ojos se fueron acostumbrando a la casi oscuridad del lugar. Un joven mesero la condujo a un rincón del café, no había nadie más que ella, o eso fue lo que ella pensó. Se sentía sorprendida de ella misma por transpirar, raramente, tanta excitación. Sintió un viento ligero recorrerle la espalda y los pezones se le endurecieron. Energía le subió desde el sexo hasta el estómago y entonces respiró profundo.

Tomaba una segunda bocanada de aire cuando el joven mesero se acercó, llevándole un platito con semillas de sandía tostadas con sal y anís estrella. Ella alargó su mano y sintió la dureza de la semilla entre sus dedos índice y pulgar. Luego la subió lentamente hasta la boca colocándosela primero en la punta de la lengua. El sabor a anís estrella le golpeó el fondo del paladar, la sal le inundó las papilas gustativas y salivó. Cerró los ojos y respiró profundamente el aroma a café recién hecho. El mesero le acercó un menú, lo abrió y buscó entre la lista de bebidas sus opciones para una taza de café. Seleccionó su bebida, un café imperial, treinta y cinco yuanes.

Mientras esperaba que su taza de café estuviera lista, escuchó la vibración que los granos de café hacían al ser depositados en el molino, luego el ruido del motor sucedió a la secuencia de sonidos que llenaba el sombrío lugar. Los granos de café se estaban moliendo. Anticipó en su nariz el aroma a café, poco a poco sus fosas nasales percibieron la verdadera esencia de café recién hecho. Cuánto tiempo hacía que no degustaba un sorbo del ansiado líquido. Cuánto tiempo llevaba en China. Cuándo fue la última vez que tomó una taza de café, no lo recordaba ya. Hacía mucho tiempo.

El joven mesero regresó con una bandeja laqueada entre sus manos y sobre ésta una taza de porcelana roja, cóncava, con destellos áureos en el borde de la boca. El asa de la taza era finísima, alta y curveada. La taza era perfecta, redonda, con un rojo tan intenso que brillaba por sí misma. Atravesando la circunferencia de la boca había una cuchara de plata. La punta de la cuchara tenía un doblez que embonaba fácilmente en un lado de la boca de la taza.

En la cuchara había un terrón de azúcar blanco. El mesero levantó cuidadosamente la cuchara y la sumergió en un vasito de licor de jengibre colocado a la izquierda de la taza de porcelana roja. La reacomodó sobre la boca de la taza y luego le prendió fuego. La llama azul, que se desprendió del terrón de azúcar, la cautivó. El mesero puso la taza de porcelana roja frente a ella, la sostuvo por un momento frente a sus ojos, luego la bajó hasta la mesa y se fue. De espalda a ella, una sonrisa se dibujó en su rostro y siguió caminando.

Ella continuaba atenta a la pequeña llama azul que contrastaba con todo el ambiente rojo e incorpóreo del lugar. Esperó a que se extinguiera la flama azul mientras el aroma a café la penetraba por la nariz. Introdujo la cuchara al líquido negro y al contacto de éste con el terrón de azúcar un espíritu emergió de la taza. La envolvió como espiral humeante. La atravesó, rozó sus pezones, su sexo hasta que la hizo perder la conciencia. Escuchó que al cruzar por sus orejas decían su nombre quedamente, suavemente casi como si fuera un susurro a lo lejos. Sintió un estremecimiento en todo su cuerpo y se relajó.

Al poco tiempo sintió que una mano acariciaba su cuello, se metía entre su pelo, tocaba su hombro. Luego sintió con brusquedad que la sacudían. Era el joven mesero que con la punta de los dedos apenas le tocaba el hombro izquierdo. Entonces ella recuperó la consciencia. Su taza de café seguía intacta, la llama azul se había disipado.

El lugar estaba lleno de gente silenciosa, ahora podía verlos con claridad. Se levantó rápidamente de la mesa, sorprendida, apenada, como queriendo huir del lugar, pero sólo alcanzó a acomodarse el pelo. No sabía qué hacer, qué había pasado; decidió calmarse al notar que nadie la observaba. Se sentó nuevamente en su lugar y sorbió el café ahora tibio. Estaba delicioso, la temperatura aún dejaba experimentar un toque de calor y al fondo de cada trago sentía el perfume del licor de jengibre. Tomó uno y otro sorbo degustando en cada uno de ellos, cada gota, hasta que lo terminó. No recordaba cuándo había tomado por última vez una taza de café pero ya no le importaba. Dejó sobre la mesa el importe del café y se dirigió hacia las escaleras. Al pisar el primer escalón, la luz de arriba, de la calle, del cielo azul, la cegó. Continuó ascendiendo y a sus espalda sintió la mirada fija del joven mesero. Inmediatamente, él se volteó para recoger la mesa, la taza, los yuanes. Una vez más, él volvió su mirada hacia la puerta, después sonrió. Los ojos del mesero se tornaron azules como el fuego del terrón de azúcar con licor de jengibre y entonces prolongó la lengua formando una llamarada rosada y amarilla pálida que alcanzó todavía a rozarle, a ella, el talón desnudo del pie derecho; cuando pisaba el último escalón antes de salir a la calle.

CAFÉ ON HUANJUE XIANG STREET

Today I feel like having a cup of coffee, she thought. In China, drinking coffee out and about is a luxury, she reminded herself. During that pink sunset, she walked near the bell tower in the heart of Xi'an, when suddenly she noticed a staircase that descended one story below the street level. The smell of coffee flowing from the bottom of the staircase guided her. Her nostrils quivered at the strong scent of freshly brewed coffee.

While descending she noted the narrow staircase was at forty-five degree angle, and in addition to being narrow, the wall on the right had irregularly shaped rocks embedded into it. Some of the stones were small, others were larger and showed the age of the building. It seemed a never ending descent, and at the bottom of the steep staircase, the light almost disappeared. The light was gradually replaced by a muted red hue.

She felt excited when she arrived at the bottom of the staircase. The softness of the light contrasted with the accentuated red color of the fabric lamps hanging from the ceiling, the smell of coffee, and the intimacy of the place transported her to another time, another space, another China.

Gradually her eyes adjusted to the near darkness of the place.

A young waiter guided her to a corner of the café; no one else was there but her, or so she thought. Her excitement at being there surprised her. She felt a soft wind run the length of her back and her nipples hardened. Energy rose from the depth of her sex and up to her stomach, and she took a deep breath.

She was inhaling a second mouthful of air when the young waiter approached with a small saucer with roasted watermelon seeds sprinkled in salt and star anise. She held out her hand and felt the hardness of the seed between her thumb and index finger. Slowly, she brought it to her mouth and placed it on the tip of her tongue. The flavor of the star anise hit the bottom of her palate and salt flooded her taste buds, and her mouth watered. She closed her eyes and inhaled deeply the aroma of freshly brewed coffee. The waiter gave her the menu; she opened it and looked through the list of coffees. She selected an imperial coffee for thirty-five yuan.

While waiting for her cup of coffee, she heard the vibration of coffee beans grinding in the mill, followed by a sequence of sounds that filled the gloomy place. Her nose anticipated the coffee aroma. How long had it been since she sipped the anticipated liquid? How long had she been in China? When was the last time she had had a cup of coffee? She could not remember any longer. It had been too long ago.

The young waiter returned with a black-lacquered tray in his hands, and on top of this, a red porcelain cup with gold edging. The handle of the cup was slim, tall and curvaceous. The cup was perfect, round, with red tone so intense that it shone for itself. Along the circumference of the mouth was a silver spoon. The end of the spoon had a flattened tab jutting slightly up and away from the tip of the spoon, allowing it to lay across the cup.

There was a white sugar cube on the spoon. The waiter carefully lifted the spoon and dipped it into a glass of ginger liqueur placed to the left side of the red porcelain cup. He rearranged the spoon over the mouth of the cup and lit it. The blue flame that emerged from the sugar cube captivated her. The waiter put the red cup in front of her. He held it for a moment before her eyes, then lowered it to the table and left. From behind her, a smile spread across his face as he continued on his way.

She remained very attentive to the small blue flame that contrasted with the red, airy atmosphere of the place. She waited until the blue flame was extinguished while the coffee aroma penetrated her nose. She introduced the spoon into the black fluid, and as the sugar touched the coffee, a spirit emerged from the cup. The spirit wrapped around her in a smoky spiral. It traversed her, lightly touched her nipples and sex until she lost consciousness. She heard her name softly in her ear like a gentle whisper in the distance. She felt a shiver throughout her body, then she relaxed.

A little while later, she felt a hand caress her neck; it moved into her hair and touched her shoulder. Then abruptly, she felt the shaking. She opened her eyes. It was the young waiter who was barely touching her left shoulder with his fingertips. Her cup of coffee remained untouched; the blue flame was gone.

The place was full of silent people, she could see that clearly now. She rose quickly from the table, astounded and ashamed, wanting to flee the scene, but only managed to fix her hair. She did not know what to do, or what had happened. She sat back again to calm herself down, then noticed that no one was paying attention. She sipped the warm coffee. It was delicious. Its temperature still let her experience a touch of warmth, and the perfume of the ginger liqueur that lingered after each sip. She took one sip after another, enjoying every drop, until the cup was empty. She could not remember the last time she had had a cup of coffee, but that did not concern her any longer.

She left money on the table for the coffee and headed for the staircase. When she stepped on the first step, the light from above, from the street, from the blue sky, blinded her. She felt the gaze of the young waiter on her. She turned to look at him. Immediately, he turned to the table and began to remove the cup, the yuans. Again, he turned his gaze toward the door and smiled. The waiter's eyes turned blue like the flame in the sugar cube with ginger liqueur. He extended his tongue, forming a pink pale and yellow flame that reached to touch her bare heel just as she stepped out into the street.

AL ATERRIZAR

Estoy aterrizando. Llevo conmigo el libro *Lo que trae la marea*. Tú me lo recomendaste. A mi derecha hay dos chicas chinas sentadas a cada lado de una mujer mayor. A mi izquierda está una mujer con vestido anaranjado. La escuché hablar un par de veces. Pienso que es irlandesa. La mujer mayor les cuenta a las chicas chinas sobre su trabajo. No logro entender por completo qué les dice. Su voz es melódica. Sólo escucho que tiene que tratar con mucha gente, luego agrega, gente internacional. También dice que su trabajo le gusta. Las chicas chinas la escuchan atentamente. Las veo de reojo para que no se den cuenta de que estoy prestando atención. Así es la cultura china, pienso para mí misma, siempre atentos, sobre todo a las personas mayores. La mujer mayor tiene una audiencia cautiva. Les cuenta que ha vivido en Seattle por más de veinte años, al tiempo que las chicas emiten un sonido de asombro. Qué atentas son, me vuelvo a decir. Tienen casi diez minutos escuchándola sin interrupción. La mujer a mi izquierda está mandando compulsivamente textos por su teléfono. Se ríe sola. Constantemente su celular le avisa que tiene otro texto. Está como poseída. No pone atención a lo que pasa a su alrededor. La mujer mayor les dice a las chinas que viene a Minneapolis para ver a su familia. Que es de aquí. Agrega que todos están aquí, sus hermanos, sus primos, sus hijos, sus nietos. Se suelta hablando, no puede parar, sigue y sigue. Las chicas chinas, amablemente asienten con la cabeza a todo lo que les dice, la siguen con mucha atención. La mujer mayor les pregunta de donde son. Una de ellas, la que lleva una blusa azul, contesta que viene del noreste de China. No logro escuchar el nombre de la ciudad. Por un momento pienso, son de Harbin. Después la escucho decir que es una ciudad muy industrial. Para mis adentros digo que toda China lo es. Una ciudad muy contaminada, agrega la chica. Así es, me digo. Sí debe de ser Harbin. Seguro. Hace poco Harbin estuvo en las noticias. No por su industrialización sino por los tigres siberianos y las condiciones en las que viven. Cuando fui al santuario de tigres en Harbin me quería esconder debajo el asiento. Me aterrorizaron. Me sorprendió la libertad con la que andaban por el parque. Todavía tengo la imagen de los pollos vivos que el grupo de turistas compró para alimentarlos.

Éramos un grupo muy peculiar en el autobús. Había científicos rusos, los turistas y nosotros. Por nosotros quiero decir tú y yo. Pues, nos pusieron una lista de precios con animales. Una vaca, 29 dólares. Un borrego, 25 dólares. Un conejo, 12 dólares, un pollo, 10 dólares, un pato, 10 dólares. Existía la opción de escoger entre vivos o muertos. El grupo de turistas compró un par de pollos vivos. De la nada salió un jeep, como si acabara de leer la mente de los turistas. Acto seguido aventaron el primer pollo a los tigres. Los tigres, despertando de su languidez, se incorporaron en un segundo. Rodearon el jeep. Fue de miedo. Luego el segundo pollo. Ese último tuvo la mala suerte de prolongar su agonía. Un tigre le dio un zarpazo, la sangre roja empezó a brotar al mismo tiempo que el pollo saltaba y corría inútilmente queriendo escapar. Hipnotizados por el espectáculo, tres tigres se dirigieron al pollo. La sangre los excitó. Este último pollo terminó partido en pedazos. De pronto, de la nada, salió otro tigre que brincó a mi ventana. La mujer a mi izquierda acaba de recibir otro mensaje. Se está riendo sola. De reojo la veo escribir un texto con mucha prisa. Por un instante se detiene a pensar, tan sólo un segundo. Voltea su cara hacia la ventana, levanta los ojos al vacio y continúa escribiendo, como queriéndole ganarle a alguien. Compite contra el tiempo. Contra el tiempo de qué, me pregunto. La mujer mayor quiere saber cuánto tiempo piensan pasar en Estados Unidos las chicas chinas. Dicen que un mes al unísono. Les pregunta si piensan vivir en otro lugar cuando regresen a China. A la vez contestan que no. No tenemos opción, agregan, como si fueran parte de un coro. Que tienen que regresar adonde mismo. No sé qué pensar, por el tono de su voz me da la impresión de que no tienen mucha experiencia en la vida. Que no se les ocurren otras opciones. Opciones, pienso, eso es lo que no tuvo ninguno de los pollos.

La mujer mayor les dice que trae consigo una foto de ella cuando era niña, en caso de que algo pase. De qué algo pase, me pregunto. Ella repite, en caso de que algo me pase, como contestando a mi pregunta. Sabe que es mayor. Para que no se pierda la foto, agrega la mujer mayor. La chica china de vestido morado y cabello a los hombros, de manera natural dice, es para ponerla en tu tumba. No se da cuenta del significado de sus palabras, me digo a mí misma, casi escandalizada. Eso aquí suena como una ofensa. La mujer mayor no contesta. Por unos segundos se hace un silencio incómodo. No. Es para que mis nietos la tengan. No quiero que se vaya a perder, agrega, al tiempo que la empieza a sacar de la bolsa donde la tiene guardada. Se relaja al decir eso. Las chicas chinas ni se han dado cuenta de lo que han hecho. Puedo sentir las miradas de los otros pasajeros, todos están atentos. Todos, menos la mujer a mi izquierda, quien ahora mismo está recibiendo otro mensaje.

La mujer mayor saca la fotografía. Está envuelta en papel rosado. Me volteo para ver la foto. Apenas logro ver la imagen de una niña como de ocho años. Lleva un traje de gimnasta, está parada en un pie, me parece que sobre el pie izquierdo. Está muy erguida. La pierna derecha la tiene al aire, el final de su pie está en punta. Tiene ambos brazos ligeramente extendidos. Uno de ellos, arriba, sosteniendo un bastón con una cinta ondulada roja flotando en el aire con mucho movimiento. Está en un jardín cubierto de pasto, pienso que debe ser verde, aunque en realidad no logro distinguirlo. Atrás una casa. Supongo su casa. Apenas y logro ver la imagen por un instante porque una de las chicas chinas se pone de espaldas completamente a mí, cubriendo por completo la fotografía. Tampoco puedo distinguir ya, qué más dicen. La voz de la azafata se escucha por el altavoz del avión. La voz de la azafata y la de la chica china se mezclan. En seguida, un sonido corto y metálico se oye. Todos, al unísono, se desabrochan los cinturones de seguridad. La mujer a mi izquierda recibe un texto más, cuántos lleva, trato de adivinar entre el ruido de las voces y la gente levantándose apresuradamente. En ese momento cierro el libro. Descuidadamente lo coloco en el bolsillo de mi mochila negra, por un instante, reconozco tu aroma, cierro los ojos y respiro profundamente, recordándote, al tiempo que me estoy levantando. La mujer a mi izquierda, inesperadamente, insiste en salir. Empiezo a caminar en el pasillo, me empuja. Estoy cerca de la puerta mientras en la parte de atrás un hombre con un saco blanco con rayas azules, de gesto adusto, tropieza con un libro, ahora deshojado, entre las ruedas de su maleta.

LANDING

We are coming in for the landing. I am traveling with the book *What the Tide Brings*. You recommended it to me. To my right, there are two Chinese young women, sitting on each side of an older woman. To my left, there is a woman in an orange dress. I heard her speak a couple of times. I think she is Irish. The older woman is telling the two Chinese young women about her job. I cannot quite make out what she is saying. Her voice is melodic. I only hear that she has to deal with a good deal of people, and then she adds, international people. She also says she likes her job. The two Chinese young women are listening attentively. I look at them out of the corner of my eye so they won't realize I'm paying attention. That's how the Chinese culture is, I think to myself, always attentive, especially with older people. The older woman has a captive audience. She tells them she has lived in Seattle for over twenty years, and the young women ooh and ah in astonishment. They are so attentive I say to myself again. They have been listening to her for almost ten minutes without interruption. The woman on my left is sending compulsive text messages on her phone. She laughs to herself. Her cell phone is constantly informing her she has another text. It's as if she is possessed. She pays no attention to what is going on around her. The older woman tells the two Chinese young women she is coming to Minneapolis to see her family and that she is from here. She adds that everyone is here, her siblings, her cousins, her kids, her grandchildren. She is talking nonstop; she is enjoying it. She goes on and on. The two Chinese young women nod kindly at everything she says; they focus on her. The older woman asks them where they are from. One of them, the one wearing a blue blouse, says from northeastern China. I do not hear the name of the city. For a moment, I think they are from Harbin. Later, I hear her say it is a very industrial city. In my head, I say all of China is very industrial. There is much pollution, one of the young women adds. That's it, I say to myself. It must be Harbin. It is Harbin for certain. Harbin was just in the news, not because of its industrialization, but because of its Siberian tigers, their living conditions.

When I went to the tiger preserve in Harbin, I wanted to hide under my seat. I was terrified. I was not expecting them to roam the park so freely. I can still see the live chickens the tourist group bought to feed them. The group on the bus was very peculiar. There were Russian scientists, tourists and us. By us, I mean you and me. So, we were given a list of prices for different animals. A cow was twenty-nine dollars. A lamb was twenty-five. A rabbit was twelve, a chicken ten, a duck was ten dollars. You could decide whether you wanted them dead or alive. The tourist group bought a pair of live chickens. A jeep appeared out of nowhere, almost as if it had read the tourists' minds. They immediately threw the first chicken out to the tigers. The tigers, roused from their stupor, were up in a flash. They surrounded the jeep. It was frightening. Then the second chicken was released. This one had the bad fortune of prolonging its agony. One of the tigers took a swipe at it; the red blood began to squirt at the same time as the chicken started jumping and running around, helplessly trying to escape. Three tigers, hypnotized by the spectacle, went after the chicken. The blood excited them. The chicken ended up torn to pieces. Suddenly, out of nowhere, another tiger leapt at my window.

The woman to the left of me just received another text. She is laughing to herself. Out of the corner of my eye, I see her texting back very quickly. She stops to think for a second, just a second. She turns her face to the window, looks up into the void and continues typing, almost as if she is trying to win a race, a race against time. Against what time? I wonder. The older woman asks the two Chinese young women how long they plan on being in the U.S. A month, they say in unison. She asks if they are thinking of living somewhere else when they go back to China. No, they respond in unison. We do not have any choice, they add, as if they were choir members. We have to return to the same place. I do not know what to think, their tone of voice gives me the impression they do not have much life experience; that they cannot imagine other options. Options, I think, that is what none of the chickens had.

The older woman tells them she has a photo with her from when she was a child, in case something happens. In case something happens? I wonder. She repeats, in case something happens to me, almost as if answering my question. She knows she is old. So, the photo won't be lost, the older woman adds. The Chinese woman in the purple dress with hair down to her shoulders says, as if it were the most normal thing in the world, oh, for your tombstone. She does not realize what she is saying, I tell myself rather horrified. The comment sounds offensive here. The older woman does not answer. There is an uncomfortable silence for a few seconds. No, it's for my grandchildren. I do not want it to be lost, she adds, while simultaneously starting to pull it from the bag where she keeps it. She relaxes once she has said it. The two Chinese women do not even realize what they have done. I notice the other passengers' eyes on them; everyone is paying attention, everyone except for the woman to my left who is busy typing another text. The older woman takes the photo out. It is wrapped in pink paper. I turn to see the photo. I catch just a glimpse of a girl of around eight years of age. She is wearing a gymnastics leotard; she is balancing on one foot. I think it is the left one. She is standing up very tall. She has her right leg up in the air, her toes pointed. Both arms are slightly extended. One of them is up higher, holding a baton with wavy red ribbons floating through the air with a good deal of energy. She is standing on the grass of a front yard; I assume it must be green, but I do not really have a chance to see it. There is a house behind her. Presumably it is hers. I barely have a chance to see the image for a second because one of the two Chinese women turns her back to me, completely blocking the photo. Now I cannot hear what they're saying anymore either. The voice of the flight attendant is heard over the plane's intercom system. The voices of the flight attendant and the Chinese young woman mix together. Then a short metallic sound is heard. Everyone unbuckles their seat belts in unison. The woman on my left receives another text; how many is that? I try to guess amidst the noise of the voices and the people scrambling to their feet. That's when I close the book. I place it carelessly in the pocket of my black backpack, and for an instant, I recognize your fragrance, I close my eyes and take a deep breath, remembering you, at the same time as I am standing up. The woman on my left, unexpectedly, insists on standing up. I start walking down the aisle, she is pushing me. I am close to the exit door while in the back of the plane a man sporting a white blazer with blue pinstripes and a sullen expression trips over a book, ripped now by the wheels on his suitcase.

AGUA PASA POR MI CASA, A MI CASA
SE VIENE A SOÑAR

La luz que por un segundo iluminó su recámara la despertó. Enseguida llegó el trueno. Lentamente se sentó en la cama y el siguiente relámpago le golpeó la cara. Por un momento pudo observar el cuarto vacío donde ahora dormía. Después, otro trueno. Estaba confundida. Sabía que era su espacio pero estaba desierto. La luz de otro relámpago se metió entre las persianas. Una vez más pudo ver el cuarto en blanco. En esta ocasión reaccionó al ritmo de las primeras gotas de lluvia. Una gota tras otra fueron golpeando el techo y los cristales de las ventanas; entonces, el recuerdo y la claridad le asestaron también el pecho.

Dejó el ensueño para pasar a la realidad, ya no estaba confundi- da. Se ubicó en esa realidad, su realidad. Era su vivienda temporal, la que le habían asignado después de que las aguas pasaran por su casa. "Agua pasa por mi casa, cate de mi corazón", se le vino a la mente esa frase una y otra vez. Con obsesión la repetía, agua pasa por su casa, cate de su corazón. El corazón, el lado izquierdo le palpita, le retumba, siente mariposas en el estómago. El Amazonas, los canales de Venecia, el agua clara y limpia, limpia, no, no está limpia. El agua pasa clara, agua por su casa, cate de su corazón,

Chac Mool se puso verde, cobró vida entre el moho. Chac se quiso salir de la caja con puerta de cristal donde estaba, los chaneques se disfrazaron de ranas. El caballito de mar se escapó y ya no lo pudo encontrar, porque su corazón creció y se fue. La foto que tenía de los canales de Venecia se llenó de agua, las góndolas anduvieron en su casa, agua pasa por su casa, por su gran canal. Su barquita de totora del Titicaca también se fue. El agua creció, subió hasta el techo, se lo llevó todo. Por eso las cazuelas para mole que tenía como adorno en el estudio se llenaron hasta el tope de agua. Agua pasa por su casa, cate de su corazón. No, no hay aguacate; hay agua que pasa por su casa, que pasó por su casa y no se llevó todo, lo destruyó todo. TODO. DO. TO. DOTO. DOT, TOD, OT, OD, DOTO, TODO, ODO, OTO, TD, OO, TTTT, DDDD, OOOO. Agua pasa por su casa, no hay aguacates, no entiende que no hay aguacates, que no hay, que hay agua que pasó por su casa, por la tuya, no la mía. El agua clara y pura, no hay agua clara y pura, es agua que pasó por su casa. Agua que se bebe las letras, se traga las palabras, los pensamientos. Agua pasa por su casa, no hay diosa de la misericordia, no hay misericordia, hay agua, agua que pasó por su casa, lágrimas que pasaron por su casa, libros que pasaron por su casa, palabras que flotaron en la corriente, madera que flotó, libros que se ahogaron, pensamientos que se diluyeron, plumas que se fundieron con el agua, tinta que se desvaneció con el agua que pasó por su casa. Dónde, dónde, dónde… "Agua pasa por mi casa, cate de mi corazón". Que no es aguacate, es agua.

Siguió sentada en la cama. Otro relámpago le iluminó la cara y después vino un trueno largo que hizo eco en cada una de sus células. Todo pasó en la primavera. Fue casi al año de haber perdido a su madre. Ocurrió unos días después del gran terremoto en Sechuán. Fue cuando los días empezaban a ganarle terreno a la noche. El corazón le palpita, salta, se emociona pero no sabe si le da vida. La vida de la ciudad, de las calles y casas. Casas que se caen aquí, aquí en la triste ciudad.

La sombra de Chac Mool, la deidad maya, la tomó por sorpresa. Lo sintió deslizarse por entre las cajas que estaban en una de las esquinas de la recámara vacía. De reojo vio su cuerpo alargado, paulatinamente oyó su respiración desvanecerse. Ella se quedó inmóvil. Otro relámpago alumbró su cuarto. Chac había desaparecido. Su huipil blanco vibró suavemente con el viento del Anáhuac. El olor a copal le golpeó las fosas nasales y dejó que la recorriera por dentro. Las notas del teponaztle acompañaron sus pensamientos. Tecuixpo Ixtlaxochitl y los otros niños nobles aztecas se maravillaron con el atardecer frente a las cristalinas y apacibles aguas del lago de Texcoco. A lo lejos, el fuego sagrado se prendió en la cima de una pirámide, era tiempo de regresar a casa.

Apagó la lámpara de la mesita de noche. El sueño le volvía poco a poco, después de leer unas páginas. El sonido de la lluvia, ahora la arrullaba. En el apartamento vacío, los sonidos resonaban, se engrandecían en los espacios en blanco. La última imagen que quedó en su mente, antes de conciliar el sueño, fue la de Tecuixpo Ixtlaxochitl y los otros niños mirando el atardecer; se relajó y cerró los ojos.

Poco tiempo le duró la calma. Un ataque de ansiedad le aceleró el corazón. Súbitamente, su respiración se hizo más rápida. Otra vez arreciaba la lluvia. Abrió los ojos de un jalón, los clavó en el techo tratando de adivinar qué figuras se formaban en la tabla roca de éste. A continuación escuchó su respiración, era como un ronroneo grave. Le pareció percibir la sombra del dios maya por segunda ocasión, entre las cajas de cartón que guardaban los restos de su casa destruida. El viento apretó y chocó contra las ventanas sin vehemencia. Cerró los ojos y se concentró en el sonido de la lluvia contra los cristales. Agua que cae, que corre. El agua escurría por todos lados. No había techo en el sótano de su casa. Toda la tabla roca estaba en el piso y en el piso estaban los pedazos de su vida. Todos los libros de los estantes estaban caídos. Todo estaba mojado y lentamente disolviéndose con el agua. El juego de enciclopedia de su niñez estaba irreconocible. Su sótano se convirtió en una cueva con agua goteando desde el techo. Pudo notar el inconfundible olor a moho y lo vio creciendo sobre todos sus libros. Plantas crecían de las semillas de maíz azul que había guardado y tenía en una jícara labrada, junto a la chimenea. Pudo ver las palabras perderse en el agua, las veía flotar entre la corriente de agua. Los pensamientos también se escapaban al ritmo de agua que goteaba. Todo el ambiente desprendía humedad. A su figurilla de Chac Mool se le pasó la mano, quiso salirse de la caja de madera donde la tenía. Chac hizo de las suyas otra vez. Boullosa, Luisa Josefina, Cantú, Yourcenar, Vargas Llosa, García Márquez, Anzaldúa, Borges, Cisneros, Cortázar, Castillo, Viramontes todos estaban mojados. Flotaban con las palabras revueltas, las palabras mezcladas en la corriente de esa rama del Amazonas. Revueltas las palabras con las pirañas y pirarucus del Amazonas. Del río-mar que llegó hasta el sótano de su casa. Todo se volvió el mar, sus sueños y el agua se hicieron uno. Agua que pasó por su casa.

Estiró la mano hacia la mesita de noche y prendió la lámpara una vez más. El sonido de los caracoles marinos se hizo sentir en el valle del Anáhuac. Un viento dulce acompañó la luz de la mañana, que volvía rojo el cielo, arriba de las cúspides de las pirámides. Tecuixpo tomó entre sus manitas una pitaya roja como el cielo del amanecer, la subió a su boca y un chorrito de jugo se escapó de entre sus labios. A continuación levantó una rebanada del anaranjado zapote mamey. La fuerza de sus deditos la aplastó y con gusto de niña se la comió de un sólo bocado. Bebió un sorbo de la humeante jícara labrada con chocolate caliente, absorbiendo su aroma en cada trago. Tecuixpo estaba feliz, hoy vería a su padre, el emperador Moctezuma. Esa mañana paseó entre el mercado de flores de la bien trazada capital azteca. Tonos amarillos, rojos y azules turquesa cautivaron sus ojos negros. Se quedó quieta por un momento, cavilando. No sabía si llevar otro hermoso pájaro de plumas rojas a su padre. Indecisa aún notó entre las callejuelas del mercado, el aleteo de un plumaje azul verdoso; los colores brillantes e iridiscentes la extasiaron. El extenso plumaje, como el mar, la embelesó; ése sería el regalo para su padre. Con su regalo seleccionado subió a su chalupa y majestuosamente recorrió los canales simétricos del centro del imperio azteca. A su paso, la gente susurraba su nombre, Tecuixpo Ixtlaxochitl, florecita de algodón. Desde lejos, las montañas nevadas la veían recorrer el camino de agua hasta el palacio del hueytlatoani.

Apagó la luz, el sueño le tocaba los párpados con sutileza. A punto de dormirse, sintió su respiración. Abrió los ojos y advirtió entre las cajas de cartón unos ojos que la miraban. El relámpago iluminó por un instante la habitación y distinguió una silueta alargada entre las duras cajas. Tuvo la sensación de que había más cajas de lo que podía recordar, las sentía más cerca de lo que ella se acordaba. Por un momento sintió moverse a Chac. Su respiración, ese ronroneo, se aproximaba cada vez más al pie de su cama.

Llegó el momento en que ya no pudo luchar contra corriente. Se dejó llevar, se hundió en la fuerza de ese río-mar que derruyó su hogar, que arrasó con los pedazos de su vida y diluyó las palabras que la definían. Empacó su vida fragmentada en cajas, dejó ir los restos de lo que quedaba, no recuerda con precisión la sucesión de los hechos, todo fue demasiado rápido. Su memoria registró palabras como guardar, rescatar, no tocar ese rincón, dejar ir. También recordaba humedad y vegetación expandiéndose en el sótano de su casa, que un día fue su estudio. Recordaba dolor contenido en el pecho, que se exaltaba ante la imagen de haberlo perdido todo. Todo se disolvía lentamente, como el papel de las páginas sueltas de un libro roto, donde se iban borrando las líneas de su vida, el agua lenta pero constante, se apoderaba de ellas con su caudal.

Ante la idea de que todo estaba demasiado cerca, las cajas y Chac, se extendió en su cama. Miró el techo en medio de la oscuridad y otro trueno hizo vibrar el apartamento. La luz subsecuente le confirmó lo que creía. Había más cajas de lo que recordaba, estaban más cerca de lo que suponía. Pero Chac se había esfumado.

Se concentró en las últimas líneas que había leído. Se imaginó que caminaba entre las calzadas de la capital azteca con sus hermosos jardines colgantes, el murmullo de la gente, los olores y colores de los mercados. Sintió notas musicales penetrándola a través de los poros de la piel. A lo lejos vio a Tecuixpo Ixtlaxochitl, con su huipil blanco, navegando en los canales de agua de la ciudad. La vio sonriente con sus ojitos negros y nariz aguileña. Veía cómo la gente del Anáhuac la saludaba a su paso. Veía cómo Tecuixpo, con el corazón en los labios le hablaba a su pueblo. Disfrutó de esa imagen y sintió la luz del sol calentarle el rostro; aspiró profundamente y absorbió el humo perfumado que había en el ambiente.

Otro relámpago le hizo abrir los ojos. La oscuridad y el sonido de la lluvia contra los cristales hicieron que su cuerpo sintiera frío. Miró a su alrededor, no había muebles, el cuarto apenas tenía una cama, una mesita de noche, alfombra y cajas de cartón. Ella estaba segura que las cajas se encontraban en una de las esquinas de la habitación, pero estaba equivocada. Las cajas la rodeaban, la acechaban. Recordó la primera noche después de su largo viaje, cuando descubrió el desastre. Recordó cómo trató de salvar los documentos importantes para ella pero todos estaban mojados. Llevó consigo los pocos papeles y libros que pudo rescatar. Tenía que restaurar las líneas que definían quién era ella. Necesitaba separar cada cuartilla húmeda y maloliente. Vio la inmensidad de hojas fundidas por el agua y no supo de dónde sacó fuerza para despegar cada una de ellas. Las extendió sobre la alfombra, una por una, obsesivamente. Le urgía desprender las páginas de su vida reducida a esa pila de papeles en estado de descomposición. Continuó apresuradamente, como si su propia historia dependiera tan sólo de eso, no paró. Llenó el piso de la habitación de hotel donde pasó esa noche húmeda con las páginas que aún definían su existencia.

Alrededor de las cinco de la mañana terminó. Todo olía a su casa descompuesta, pero vio, con un dejo de esperanza y de fortaleza renaciente, que al secarse las hojas, las palabras resucitaban. No perdían la información escrita en ellas, estaban completas, aunque sangrantes y laceradas. Finalmente se acostó en la cama con sábanas limpias. Esa cama se volvió una isla en medio de un mar pútrido, lleno de tiburones listos para embestirla. No recordaba con certidumbre la sucesión de los eventos de esa noche triste, pero ya no importaba.

La lluvia se fortaleció. La respiración de Chac se dejó oír. Esta vez también lo olió, estaba demasiado cerca a ella. El penetrante olor a animal salvaje, felino le entró directo por la nariz. Sintió el trópico en su nariz, al tiempo que la humedad y el calor la invadieron. Otra vez sus sueños y el agua se estaban haciendo uno y Chac no dejaba de respirar.

Tecuixpo reparó en ella. Le sonrió con sus ojitos infantiles.

Ella también la miró, le contestó con una sonrisa, mientras la veía alejarse en la chalupa imperial que la transportaba. Descubrió a su alrededor los vibrantes colores, de las paredes de estuco, de los intricados edificios que conformaban la ciudad. A la distancia oyó los teponaztles y otra vez, un humo perfumado le inundó las fosas nasales. El sol de la mañana lo iluminaba todo. El lago de Texcoco reflejaba con apacible calma los rosados rayos de sol y el azul profundo del cielo. A lo lejos, las montañas nevadas resguardaban la capital del Anáhuac. Caminó un rato conmovida por tanta belleza y un olor dulce, de maíz cocido, le llegó de entre las calzadas donde caminaba. Se detuvo para disfrutarlo. Maravillada, no dejó de admirar el templo mayor que se situaba en la distancia, a su derecha. Se dirigió a la orilla de otro de los varios canales de agua cristalina, donde se detuvo para ver pasar varias chalupas llenas de flores recién cortadas y fruta fresca. Se acercó más al agua del canal para tocarla, al aproximarse no pudo ver su rostro, no había ningún reflejo.

Recordó el agua que pasó por su casa. Agua turbia, donde se perdieron sus palabras. Recordó los colores disueltos, las palabras sueltas flotando en el agua. Recordó el apartamento vacío y la lluvia golpeando las ventanas. Después pensó en Chac y su constante ronroneo. Insistentemente, buscó con la mirada el canal de agua que llevaba a Tecuixpo, evocó el delicado perfume a copal, pero sólo distinguió un penetrante olor felino. Intentó prender la luz de su lámpara, extendió la mano, no había corriente eléctrica. Un rayo más la tomó por sorpresa iluminando la habitación vacía. Fue cuando notó que los ojos de Chac seguían sus movimientos. Se levantó de la cama y buscó en la oscuridad una pluma. Empezó a dibujar en la superficie de las cajas de cartón a ciegas. Poco a poco sus diseños fueron transformándose en palabras, llenó una a una la superficie de las cajas de cartón con dibujos y palabras. Dibujó a Tecuixpo con sus ojos infantiles, escribió, agua pasa por mi casa, cate de mi corazón. Siguió escribiendo. Corazón que palpita y salta, se emociona y da vida, da vida aunque a veces la arrebata. Mi vida, la vida de las calles, de casas que caen, que se derrumban y vuelven a formarse, como toros salvajes que pelean, que corren por los campos. No allá, aquí en la ciudad, en la ciudad de las grandes avenidas, de las calzadas amplias, limpias, vacías como páginas en blanco, listas para ser llenadas, como libro abierto, listo para ser leído. Con mil colores, mi ciudad, el corazón que palpita. Siguió escribiendo hasta caer de rodillas. Entonces, abrió los ojos y una figura felina estaba a su izquierda, junto a ella. El dios maya se acercó más hasta rozarle la piel, abrió la boca amenazante, entonces se desvaneció. Ella siguió escribiendo sin parar en las superficies de cartón. Escribió Chac Mool, escribió lo que se había imaginado, se escribió a sí misma y poco a poco, comenzó a sentir en su cara la luz del amanecer, el olor a copal que se le impregnaba en la piel. Vio el agua cristalina del lago de Texcoco a lo lejos y escribió, se vislumbran los surcos que dejaba la chalupa de Tecuixpo, donde ella llevaba un ave con plumaje azul verdoso, tan largo como el interminable mar. Agua pasa por mi casa, cate de mi corazón; que no es aguacate, que a mi casa se viene a soñar, no entiendes, agua pasa por mi casa, que pasó por mi casa, que no es aguacate, que es agua.

WATER PASSES THROUGH MY HOUSE, IT COMES TO MY HOUSE TO DREAM

The light that filled her bedroom for a second awoke her. Following the light, there was a thunderclap. She sat up slowly in bed and the next flash of lightning struck her face. For a moment, she could observe the empty room. Another thunderclap. She was confused. She knew it was her room but it was deserted. The gleam of another lightning bolt slipped in through the blinds. She caught another glimpse of the empty room. This time, she reacted to the beat of the first drops of rain. One drop after another was striking the roof and the windowpanes; that's when memory and clarity also hit her in the chest.

She pulled herself from her dreams and moved into reality, no longer confused. She gathered her bearings. It was her temporary home, the one they had offered her after the waters passed through her house. "Water water everywhere, but not a drop to drink," the phrase popped into her head over and over again like an obsession. It repeated insistently, water water everywhere, not a drop to drink. She needed a drop, some water, to drink. Her heart, her left side was beating, pounding, she felt butterflies in her stomach. The Amazon, Venetian canals, water that is clear and clean, clean, no, it's not clean. It's clear, the water that passes through her house, everywhere, and Chac Mool turned green, he came to life surrounded by mold. Chac tried to get out of the crystal-lidded box where he found himself. Sprite-like *chaneques* disguised themselves as frogs, the seahorse escaped and she couldn't find it; its heart grew big and it slipped away. The photo she had of the Venetian canals filled up with water, the gondolas travelled through her house, water passes through her house, through her grand canal. The little boat she had made of Titicaca totora reeds also slipped away. The water grew, it rose to the ceiling, it carried everything off. That's why the clay mole dishes she used as decorations in her study were filled to the brim with water. Water water everywhere, not a drop to drink. No, there's no drinking, but there's water everywhere, passing through her house, it passed through her house and it didn't carry everything off, it destroyed everything. EVERY-THING. THING. EVERY. THEVERY. INGERY. EVERY, RY, ING, THIN, NITH, EV, VE, NG, THHH, EEEE. Water passes through her house, no drops to drink, she doesn't understand that there's no drop to drink, there isn't, there's water that passed through her house, through her house, not through mine. Clear, pure water, there's no clear, pure water, it's water that passed through her house. Water that drinks up the letters, swallows words, thoughts. Water passes through her house, there's no goddess of mercy, there's no mercy, there's water, water that passed through her house, tears that passed through her house, books that passed through her house, words that floated on the current, wood that floated, books that drowned, thoughts that were diluted, pens that merged with the water, ink that disappeared with the water that passed through her house. Where, where, where. . . "Water water everywhere, but not a drop to drink." It's not a drop, it's everywhere.

She stayed on the bed. Another flash of lightning illuminated her face and then there was a long thunderclap that echoed through every cell in her body. Everything took place in the spring. It was almost a year after she lost her mother. It was a few days after the big earthquake in Sichuan. It was when the days started gaining ground on the night. Her heart beats, it skips, it gets excited but she doesn't know if it gives her life. The life of the city, of the streets and houses. Houses that collapse here, here in the unhappy city.

The shadow of Chac Mool, the Mayan god, took her by surprise. She felt him slip between the boxes that were in one of the corners of the empty room. Out of the corner of her eye, she saw his long body, she suddenly heard his breathing fade away. She didn't move. Another flash of lightning lit the room. Chac had disappeared.

Her white huipil blouse vibrated softly with the breeze off the valley of Anáhuac. The scent of incense struck her nasal cavities, and she let it run through her. The beat of the teponaztli drum accompanied her thoughts. Tecuichpo Ixtlaxochitl and the other noble Aztec children marveled at the sunset against the peaceful, crystalline waters of Lake Texcoco. In the distance, the sacred fire was lit at the top of a pyramid, it was time to return home.

She switched off the lamp on her nightstand. Sleep returned to her little by little, after she read a few pages. The sound of the rain was lulling her to sleep now. Noises reverberated through the empty apartment, expanding in the blank spaces. The last image that lingered in her mind, before falling asleep, was of Tecuichpo Ixtlaxochitl, and the other children watching the sunset; she relaxed and closed her eyes.

Her sense of calm did not persist. Anxiety sped through her heart. Her breathing suddenly accelerated. The rain intensified once again. Her eyes flew open, she stared at the ceiling trying to make out the figures that were taking shape on the ceiling. Then, she heard his breathing, it was like a deep purr. For a second time, she believed she could sense the shadow of the Mayan god among the cardboard boxes that held the remains of her destroyed house. The wind got stronger, it struck the windows without vehemence. She closed her eyes and concentrated on the sound of the rain against the windowpanes.

Falling water, flowing water. Water seeping into everything. There was no ceiling in the basement of her house. All the sheet-rock was on the floor, the shards of her life were on the floor. The books had all fallen off the shelves. Everything was wet and slowly coming apart in the water. Her set of childhood encyclopedias was unrecognizable. Her basement had turned into a cave, water dripping from the ceiling. She could detect the unmistakable smell of mold and saw it creeping over all her books. Plants were sprouting from the blue maize seeds she had kept in a carved gourd, next to the fireplace. She could see the words getting lost in the water, she saw them floating on the currents of water. Thoughts were escaping too, to the beat of the dripping water. The whole environment imbued wetness. She moved her hand over her Chac Mool figurine, it was trying to escape the wooden box where she housed it. Chac had been up to his old tricks again. Boullosa, Luisa Josefina, Cantú, Yourcenar, Vargas Llosa, García Márquez, Anzaldúa, Borges, Cisneros, Cortázar, Castillo, Viramontes, they were all wet. They were floating alongside the scrambled words, words jumbled in the currents of this branch of the Amazon. Words tangled up with piranhas and pirarucus from the Amazon. From the sea-river that reached the basement of her house. Everything became sea, her dreams and the water became one. Water that passed through her house.

She reached toward the nightstand and flipped the lamp back on. The sound of periwinkles proclaimed themselves throughout the valley of Anahuac. A soft breeze accompanied the morning light, which was turning the sky over the tops of the pyramids red. Tecuichpo took a pitahaya fruit, red like the sky at dawn, into her small hands, raised it to her mouth, and a trickle of juice slipped from her lips. Next was a slice of orange sapodilla mamey. Her lively little fingers crushed it and with a child's pleasure, she gobbled it up in a single bite. She drank hot chocolate from the steaming gourd, imbibing its smell with every sip. Tecuichpo was happy, today she would see her father, the emperor Moctezuma.

That morning, she had strolled through the flower market of the grid-like Aztec capital. Shades of red, yellow, and turquoise blue captivated her black eyes. She remained still for a moment, deep in thought. She didn't know whether to bring her father another beautiful red-feathered bird. Still undecided, she noted the fluttering of a bluish green plumage down the market's side streets; the brilliant, iridescent colors enthralled her. The extensive plumage, like the sea, enchanted her; this would be the gift for her father. Now that the present was chosen, she got into her canoe and floated majestically down the symmetrical canals at the center of the Aztec empire. As she passed by, people whispered her name, Tecuichpo Ixtlaxochitl, little cotton flower. The snow-covered mountains in the distance saw her float down the waterways to the palace of the hueytlatoani.

She turned off the light, sleep gently pressing on her eyelids. On the verge of succumbing, she felt his respiration. She opened her eyes and noted, between the cardboard boxes, eyes that were watching her. A lightning bolt illuminated the room for an instant and she made out a long silhouette among the grainy boxes. She had the feeling that there were more boxes than she could remember; they felt closer. For a moment, she felt Chac move. His breathing, that purring sound, was closing in on the foot of her bed.

The time came when she could no longer fight against the current. She let herself go and sank into the strength of the sea-river that had demolished her home, destroyed the pieces of her life and diluted the words that defined her. She packed her fragmented life up into boxes, letting the remains go. She didn't remember the precise succession of events, everything happened too quickly. Her memory registered words like keep, rescue, don't touch that corner, let go. She also remembered wetness and vegetation expanding in the basement of her house, which used to be her study. And she remembered the pain tight within her chest, pain that intensified with the image of having lost everything. It was all dissolving slowly, like loose pages from a torn book, where the lines of her life were being erased, the water slow but constant, demanding possession.

Faced with the idea that everything, including the boxes and Chac, was too close, she stretched out in bed. She looked at the ceiling in the midst of the darkness and another thunderclap made the apartment shudder. The subsequent light confirmed what she had been thinking. There were more boxes than she remembered; they were closer than she had presumed. But Chac had slipped away.

She concentrated on the last lines she had read. She imagined she was walking down the roads of the Aztec capital with its beautiful hanging gardens, the murmur of people, the colors and smells of the marketplace. She felt musical notes soak into her being through the pores of her skin. Off in the distance, she saw Tecuichpo Ixtlaxochitl dressed in a white huipil, canoeing down the city canals. She saw her smile, her small black eyes, her aquiline nose.

She saw how the people from the valley of Anahuac waved at her as she passed by. She saw how Tecuichpo spoke to her people from the heart. She enjoyed that image and felt the sunlight warm her face; she breathed deeply and soaked in the perfumed smoke that was in the air.

Another lightning bolt made her open her eyes. The darkness and sound of the rain against the windowpanes made her body feel cold. She looked around her, there was no furniture, the room had only a bed, a nightstand, a rug, and cardboard boxes. She was sure that the boxes were in one of the corners of the room, but she was wrong. The boxes surrounded her, stalking her.

She remembered the first night after her long trip, when she discovered the disaster. She tried to save the documents that were most important to her, but they were all wet. She took with her the few papers and books she could save. She had to restore the lines that defined who she was. She needed to separate every sheet of damp, smelly paper. She saw the vastness of the pages stuck together by water and didn't know where she found the strength to pull each of them apart. She laid them out on the rug, one by one, obsessively, desperately needing to peel apart the pages of her life that was reduced to that pile of decomposing sheets. She continued quickly, as if her very history depended only on this. She didn't stop, but instead, covered the floor of her hotel room where she spent that wet night with the pages that defined her existence.

She finished around five in the morning. Everything smelled like her destroyed house, but she saw, with a remnant of hope and with burgeoning strength, that as the paper dried, the words were coming back. The pages weren't losing the information written on them, they were complete, although bloodied and beaten. She finally got into the bed with the clean sheets. That bed became an island in the midst of a decomposing sea, full of sharks ready to attack her. She didn't remember the succession of events from that sad night with any certainty, but it no longer mattered. It started raining harder. Chac's breathing could be heard. This time she smelled him too, he was excessively close by. A penetrating animal smell, wild, feline, pierced her nose. She felt the tropics in her nasal cavity, at the same time as dampness and heat invaded her. Her dreams and the water were converging once again, and Chac didn't stop breathing.

Tecuichpo took note of her. She smiled at her with the eyes of a young child. She returned the gaze, responding with a smile, as she saw her recede in the imperial canoe that transported her. She discovered the vibrant colors that surrounded her, the stucco walls, on the intricate buildings that formed the city. In the distance, she heard the teponaztli drums and, once again, perfumed smoke flooded her nostrils. The morning sun illuminated everything. Lake Texcoco reflected the pink sunlight and the deep blue sky with peaceful calm. In the distance, the snow-covered mountains protected the capital of the valley of Anahuac. She walked a short distance, moved by so much beauty. A sweet smell of cooked maize reached her from along the roads where she was walking. She stopped to savor it. She was awestruck, unable to stop admiring the Templo Mayor that was off in the distance, on her right. She approached another canal filled with crystalline water, where she stopped to watch several canoes full of recently cut flowers and fresh fruit pass by. She moved closer to touch the canal water. When it was within reach, she couldn't see her face, there was no reflection.

She remembered the water that passed through her house. Turbulent water, where her words were lost. She remembered colors that had faded, unattached words floating on the water. She remembered the empty apartment, and the rain striking the windows. Then she thought about Chac and his constant purring. She searched insistently for the canal of water that had transported Tecuichpo, and evoked the delicate scent of incense, but she could only make out a penetrating feline odor. She tried to turn her lamp on. She reached out her hand but there was no power. Another lightning bolt caught her off guard, illuminating the empty room. That's when she noticed that Chac's eyes were following her every movement. She got out of bed and looked for a pen in the darkness. Without being able to see, she began drawing on the cardboard boxes. Little by little, her designs began forming words, and she covered the surface of one cardboard box after another with drawings and words. She drew Tecuichpo with eyes of a young child, and she wrote water water everywhere, not a drop to drink. She continued writing. Writing without a drop to drink. Her heart is beating and skipping, it gets excited and gives life, it gives life even though it snatches it away at times. My life, the life of the streets, of houses that collapse, that cave in and are formed again, like wild bulls that fight, that run through the fields. Not out there, but here, in the city, in the city of broad avenues, of wide roads, clean and empty like blank pages, ready to be filled, like an open book, like an open book, ready to be read. With a thousand colors, my city, the heart that beats.

She kept writing until she fell to her knees. Then she opened her eyes and a feline figure was next to her, on her left-hand side. The Mayan god approached her, brushing her skin. He opened his mouth threateningly, then disappeared. She continued on, writing on the cardboard surfaces. She wrote Chac Mool; she wrote what she had imagined; she wrote herself, and little by little, she began to feel the morning light on her face, the smell of incense pervading her skin. She saw the crystalline water of Lake Texcoco, and in the distance, she could make out the wake left by Tecuichpo's canoe, where she was carrying a bird with greenish blue plumage, as long as the interminable sea. Water passes through my house, not a drop to drink; there is no drop, it's my house, it comes to my house to dream, don't you see, water passes through my house, it passed through my house, it's everywhere, it's just water.

PRIMER VIERNES EN KANSAS CITY

Dicen que la vieron entre las calles Baltimore y la 19th. Esa noche el reflejo de la luna sobre el pavimento blanco de la acera la iluminó. En el horizonte aún se vislumbraba un haz de luz rosada que se iba difuminando en lo que quedaba del cielo rojo y morado. Sus pasos resonaban en la calle. Inés caminaba entre edificios de los años treinta y otros de arquitectura contemporánea. Esos edificios eran los testigos inmóviles de la historia de la ciudad. Algunos estaban vacios, a otros los habían convertido en galerías de arte y colores intensos atravesaban sus grandes ventanas.

Las estrellas resplandecían en el cielo sobre los rascacielos azules neón. Una niebla sutil empezaba a recorrer las calles metálicas por las que Inés caminaba pausadamente. Tomó una bocanada de aire y sintió cómo se expandía en sus pulmones, lo disfrutó. Inés alzó la mirada y la inmensidad del firmamento la sobrecogió. Respiró otra vez. Continuó caminando en ese contraste de arquitectura que definía a la ciudad. Las calles vacías se abrían a su andar, se dejaban tocar por sus pasos elegantes que resonaban en la acera. La ciudad vibraba a su paso llenándose de vida.

Al llegar a la esquina, una brisa nacarada empezó a soplar, luz verde de los semáforos se reflejaba sobre el pavimento mojado de las calles como pinceladas fosforescentes. Las pinceladas cambiaron de verde a amarillo, de amarillo a rojo. Mientras Inés seguía su camino, otro ciclo de luces se reiniciaba; proyectándose, una vez más, en la húmeda superficie. Finalmente llegó hasta la puerta del club de jazz que buscaba. Un torrente de notas musicales le dio la bienvenida. Entró. Su presencia se hizo sentir y varias miradas discretas siguieron su delicado andar. Lentamente caminó hasta la barra del bar donde un gran espejo le respondió con su propia imagen. Inés se detuvo y se observó de pies a cabeza.

A través del espejo Inés fue descubriendo el ambiente del lugar. Todo estaba a media luz y el grupo de jazz, en verde neón, era el foco de su atención. La música se entrelazó con su imagen. Era como si las notas musicales se desplazaran hasta ella. La atmósfera la encantó. Disfrutó del rumor de las voces, el jazz y al fondo, Inés lo distinguió.

Sus ojos se encontraron en el espejo. Él se levantó y caminó hasta donde estaba ella. Repentinamente todo se detuvo. El grupo de jazz se quedó suspendido a mitad del beat. Todo se silenció. Inés estaba petrificada. Únicamente era capaz de recorrer con la mirada las imágenes congeladas en el espejo. Observaba todo con la conciencia de que algo más poderoso que ella la había obligado a detenerse.

Simultáneamente, en su biblioteca, la escritora se tallaba la cara con la mano izquierda, la detuvo en la frente tocándose el pelo y cabeza con los dedos. Estaba cansada, se apoyó en su mano izquierda y suspiró. Con la derecha sostenía la pluma inmóvil sobre el papel en blanco. Escribió una palabra más, dos y las tachó con fuerza. Las palabras se le habían escapado. Todo se había congelado en el club de jazz porque las palabras se le habían acabado. No supo qué más verbos, adjetivos, o sustantivos darle a Inés. Se había quedado en blanco. Prefirió dejar de escribir y recorrer la ciudad para encontrar y recuperar las palabras. Las palabras que se le habían perdido.

Sintió la imperante necesidad de buscar a Inés, su personaje, entre las calles del distrito de arte de Kansas City. Manejó hasta las galerías de las que había escrito. Se imaginó a Inés caminando entre los edificios. La escritora siguió manejando por entre las calles de la ciudad. Estacionó su automóvil cerca de la Baltimore y la 19th. Caminó entre las galerías que abrieron sus puertas al público para los primeros viernes de cada mes. Se mezcló entre la gente, siguió buscándola. Recordó que había una librería de viejo que también tenía un café. Se dirigió hasta el callejón donde estaba y se dispuso a entrar.

Entró al pequeño café con mesas redondas de madera donde apenas había lugar para una persona más. Pidió un café exprés doble y se sentó a pensar. La escritora proyectó a Inés y mentalmente repitió toda la historia que había escrito, la arquitectura de la ciudad, el club de jazz, el espejo.

Cuando el mesero le llevó el café le dijo que el libro que había pedido la estaba esperando en la librería. La escritora se desconcertó al tiempo que se llenó de curiosidad. Recordó que hacía más de un año que no iba a ese lugar. Se convenció de que simplemente había olvidado el pedido del libro. Llevó la taza en la mano derecha y caminó por el interminable pasillo, lleno de estantes con libros de uso, que conducía hasta la librería. Al final del pasillo le entregaron un paquete con su nombre, era cierto.

Regresó a su mesa y se tomó el último sorbo de la taza. Lo sintió amargo y sin proponérselo se tragó parte de los asientos de café. Abrió el paquete de tal forma que, cuando rompió el papel estraza, el ruido hizo voltear al unísono a los que estaban en las mesas a su alrededor. Se detuvo por un momento, respiro un par de veces y continuó. Para su sorpresa el libro se llamaba *Primer viernes en Kansas City*. Lo tomó con ambas manos y lo ojeó. Ese era el libro que estaba escribiendo. Lo volvió a ojear, lo olió y después de encontrar la historia que estaba escribiendo, comenzó a leer.

A través del espejo Inés lo vio acercarse. Al llegar junto a ella, él la miró con detenimiento casi acariciándola con la mirada. Inés volteó sin prisa hasta quedar frente a él. Sin que él lo notara, lo olió en silencio, absorbiendo su aroma, lo quería llevar consigo para siempre. Sonrió. Por un instante quiso creer que ese momento sería eterno.

Salieron del club de jazz. Entraron en una y otra galería admirando el arte en las paredes. Siguieron caminando entre la gente y los edificios antiguos de la ciudad. Haces de luces anaranjadas, turquesas y rojas atravesaban las ventanas grandes de las galerías, que junto con los sonidos del distrito de arte, la llenaban de paz. Parecía como si el tiempo se hubiera detenido para ellos y la gente desapareciera de las calles donde sólo iban quedando Inés, él, el eco de sus pisadas y el perfume sutil, de algunas flores, que se percibía en el aire nocturno de la ciudad. Caminaron hasta la librería favorita de Inés. La librería de viejo que se conectaba a un café. Antes de entrar se abrazaron. Inés le tomo la mano, la puso entre las suyas, llevándosela hasta los labios. Cerró los ojos y aspiró su aroma, una vez más. Lo quería recordar, llevarlo con ella. Repentinamente Inés se alejó de él. Fue como si de pronto se diera cuenta que en su condición de personaje esa relación no pudiera existir. Sintió un viento helado recorrerle la espalda. Se separó unos metros de él mientras la puerta del café se iba abriendo lentamente. Inés se debatió por un instante y regresó junto a él, a pesar de saber que ella era el personaje de un libro.

En el café la escritora cerró el libro después de leer esa última frase. Después de levantarse recorrió la portada con la mano izquierda. Unos minutos después salió pensativa. Mientras salía del café le pareció ver una pareja besándose. Por un instante su mirada se cruzó con la de la mujer. Los intensos ojos de la mujer se grabaron en la memoria de la escritora. La escritora continuó su trayectoria por el callejón, al tiempo que se colocaba bajo el brazo el libro, *Primer Viernes en Kansas City.*

FIRST FRIDAY IN KANSAS CITY

It is said that she was seen between Baltimore and 19th Street. That night the reflection of the moon on the white pavement on the sidewalk illuminated her. In the horizon, a beam of pink light was fading into a red and purple sky. Her footsteps echoed in the street. Inés walked between buildings from the 30's and more contemporary architecture. These buildings were the stationary witnesses of the city's history. Some were empty. Others had been converted into art galleries. Their windows reflected an array of vibrant colors.

The stars shone brightly in the sky above neon blue skyscrapers. A light fog began to hover over the metallic streets where Inés walked slowly. She took in a mouthful of air and felt her lungs expand; she enjoyed it. Inés looked up, and the immensity of the heavens moved her. She took another deep breath. She continued walking through this contrast of architecture that defined the city. The empty streets opened up to her, allowing to be touched by her graceful steps echoing on the sidewalk. The city began to vibrate with life.

When she reached the corner, a pearly breeze began to blow. The green traffic light reflected on the wet pavement neon brushstrokes, changing from green to yellow, from yellow to red. While

Inés continued her path, another cycle of stop lights began, projecting, once again, on the wet surface. When she finally arrived at the jazz club she had been looking for, a stream of melodious notes welcomed her. She went inside. Her presence was felt and several discreet looks followed her delicate walk. She slowly walked to the bar, where a grand mirror greeted her with her own reflection. She stopped and looked at herself from head to toe.

Inés studied the ambiance of the place reflected in the mirror. And when the lights were dimmed, the jazz artists, playing under a neon green light, became the object of her attention. The music intertwined with her reflection. It was as if the melodious notes went directly through her. She loved the ambiance. She enjoyed the murmur of voices. The jazz music. Then she saw him, sitting in the back. Their eyes met in the mirror. He got up and walked toward her. Suddenly, everything stop. The musicians abruptly stopped playing in mid-beat. The place became silent. Inés was petrified. She looked at the frozen images across the room reflected in the mirror. She was acutely aware that something more powerful than herself had forced her to stop.

In her library, the writer simultaneously rubbed her hands across her face, stopped at the forehead and touched her hair with her fingers. She was tired. She leaned on her left hand and sighed, with her right hand still holding the pen over a sheet of white paper. She wrote one more word, then a second one, then fervently scratched them out. The words had escaped her. Everything had stood still at the jazz club because she had run out of words. She did not know what other verbs, adjectives, or nouns to give to Inés. She had gone blank. She chose to stop writing and walk around the city to find and recuperate her words; the words that had been lost.

She felt an urgent need to look for Inés, her character, in the streets of the Kansas City art district. She drove to the art galleries of which she had written. She imagined Inés walking between the buildings. The writer continued driving through the city streets. She parked her automobile near Baltimore and 19th, and walked through the galleries that opened their doors to patrons the first Fridays of each month. She mingled with the people there, continuing to look for her. She remembered a used bookstore that also had a café. She headed for the alley, where the bookstore café was located.

She went inside the small café with round wood tables, where there was barely room for one person. She ordered a double espresso and sat down to think. The writer summoned Inés and mentally repeated the entire story that she had written, the city's architecture, the jazz club, the mirror. When the waiter brought the coffee, he told her that the book she had ordered had arrived at the bookstore. The writer was surprised, but was filled with curiosity. She recalled that it was over a year ago she had been to the bookstore. She convinced herself that she had simply forgotten the book she had ordered. She grabbed her cup of espresso and walked down the endless hall, with bookcases full of used books, that led to the bookstore. At the end of the hall, she was given a package with her name. It was true.

She returned to her table and took the last sip from the cup. It tasted bitter, and inadvertently, she swallowed some of the coffee grounds. She opened the package in such a way that when she ripped off the brown paper, the noise made everyone at the tables around her turn in unison. She paused for a moment, breathed a couple of times and continued. To her surprise the book was called *First Friday in Kansas City*. She took it with both hands and leafed through it. It was the book that she was writing. She leafed through it again and sniffed it, and after finding the story she was writing, she began to read.

In the mirror, Inés saw him come closer. When he was right behind her, he looked her up and down, nearly caressing her with his look. Inés turned around without rushing, until she was face to face with him. Without him noticing, she breathed in his scent. Absorbing his scent, she wanted to take it with her forever. She smiled. For an instant, she wanted to believe that the moment would last forever.

They left the jazz club. They went from one gallery to another, admiring the artwork on the walls. They continued to walk among the people and the old buildings of the city. Orange, turquoise, and red beams of light penetrated from the large windows of the galleries, along with the sounds of the art district, which filled her with peace. It seemed as though time had stopped for them and the people were disappearing from the streets, and it was only Inés and him, their footsteps echoing in the air filled with the fragrance of flowers. They walked to Inés' favorite bookstore, the one connected to the café. Before going inside, they hugged. Inés took his hand between hers and pulled his hand up to her lips. She closed her eyes and breathed in his scent one more time. She wanted to remember him, to take him with her. Suddenly Inés moved away from him. It was as if she abruptly noticed, that in her state as a character, their relationship could not exist. She felt a cold wind blow down her back. She stepped away from him just as the café door was slowly opening. Inés was torn for an instant, and then returned to his side, even as she realized that she was a character in a book.

In the café, the writer closed the book after reading that last sentence. She ran her left hand across the book cover. A few minutes later, she left in thought. As she was leaving the café, a couple kissing appeared in front of her. For an instant, she and the woman exchanged glances. The woman's intense eyes were etched into the writer's memory. The writer continued on her way, down the alley, all the while placing the book, *First Friday in Kansas City*, under her arm.

NEZAHUALCOYOTL

En el momento que lo vio supo que su mundo cambiaría para siempre. Venus estaba sentada en un café cerca del cementerio romano mientras leía poesía. El cielo del atardecer tenía tonos rosados en un fondo azul turquesa. Lo distinguió por su peculiar atuendo y exquisita joyería. Lo siguió con la mirada, parecía como extraviado. Era muy atractivo, de ojos vivaces e inteligentes, de piel morena. Un verso apareció en la mente de Venus. Se sonrió. Evocó su poesía con la certeza de que era él. Intuitivamente lo sabía pero la razón le decía otra cosa. Lo siguió con la vista. Observó cada uno de sus movimientos, cada paso que daba. El corazón se le aceleró por un segundo y se levantó de un brinco, no podía dejarlo ir. Dejó en la mesa unas monedas y fue directo hacia él. Él la vio acercarse con determinación. Esperó a que estuviera a unos pasos de él, se miraron de frente, como reconociéndose, una corriente marina llena de poesía entró en los pensamientos de Venus, la hizo temblar de emoción, fue un instante eterno. Él sólo le dijo que la esperaba. Un largo abrazo, confortante, selló el encuentro.

Quería hablar con él. Disfrutar de su presencia, de su poesía. Pedirle que le leyera sus bellos poemas. Nezahualcoyotl, el rey poeta, estaba en Barcelona.

Lo admiró como se admira la poesía. Observó de cerca sus alhajas. Jade de verde profundo, conchas rojas y oro lo adornaban. Plumas de quetzal verdiazules decoraban su negra cabellera. Una capa blanca del algodón más suave entrelazada con plumas rojas, azules y amarillas colgaba de sus hombros. Cómo no admirar tanta belleza. Era imposible que pasara desapercibido. Caminaron juntos y en cada paso ella sentía poesía emanar de todo el cuerpo de Nezahualcoyotl. Ese era su aroma. No podía dejar de olfatear esa embriagante esencia. Era una combinación sutil de poesía, selva y copal. La hacía temblar. Sus palabras se le saltaban a la mente. Versos completos aparecían en la mente de Venus cada vez que aspiraba su aroma.

Caminaron a lo largo de la Rambla. La avenida con árboles a cada lado, cientos de turistas con cámaras fotográficas, gente local, que iba de un lado a otro, y un sin número de puestos de venta de amarillos girasoles, rosas rojas, recuerdos multicolores y pintores callejeros. A ella, en un ensueño, le asaltaban versos de su poesía. La emoción la invadía. Venus le preguntó si quería tomar algo. No sabía de qué hablarle. La poesía de Nezahualcoyotl vibraba en su cabeza. Él la miró con calma, como queriendo controlar el torrente de poesía que sabía que Venus estaba experimentando, le dijo que quería ver el mar. Que más tarde se sentarían a tomar algo. Ahora, quería ver el mar Mediterráneo. Siguieron caminando entre flores blancas, rosadas, anaranjadas, mosaicos en el piso rojos, azules y amarillos y gente que no dejaba de transitar, en un constante vaivén, por la Rambla.

Se acercaron más al mar. El aroma azul del mar empezaba a competir con la esencia de copal y selva de Nezahualcoyotl. Al llegar frente al Mediterráneo, sin decirle nada, comenzó a recitar para ella. Ahí estaba, apenas y lo podía creer, estaba viéndolo, escuchando su poesía. Trataba de disimular la explosión de sentimientos que le causaba verlo, escucharlo, absorber su aroma. Reía nerviosa y discretamente para sus adentros. Recordó, que esa mañana, antes de encontrarlo, leyó en voz alta algunos de sus poemas, "...amo el canto del cenzontle, pájaro de cuatrocientas voces, amo el color del jade y el enervante perfume de las flores...."

Venus supo iba a comenzar un diálogo más allá de las palabras. Entre miradas discretas, rimas y metáforas comenzó a temblar. Parecía que una eternidad de suaves sonidos la acariciaba. El azul del mar competía con el azul del cielo. Ella sintió cómo las palabras se adherían a su cuerpo, a su espíritu. Un sentimiento de paz la invadió. El azul del mar la cegaba y un par de lágrimas escaparon de sus ojos. De pronto Venus se empezó a desvanecer. Primero, sus brazos se llenaron de palabras cubriendo en un instante todo el cuerpo. Parecía estar tatuada por completo de poemas en cada centímetro de su piel. Al minuto siguiente, el cuerpo de Venus empezó a desaparecer quedando sólo palabras. Los versos empezaron a fluir desde sus brazos, al tiempo que flotaban y se integraban en la atmósfera. Los versos se separaron en palabras, luego en sílabas. Con el ritmo de su voz ella se iba esfumando cada vez más al tiempo que se integraba al torrente de pasión de la voz de Nezahualcoyotl. Cuando finalmente Nezahualcoyotl acabó de recitar, aspiro profundamente la última de las estrofas de lo que había sido Venus. Su corazón no dejaba de palpitar y en silencio miró hacia el sol mientras se deleitaba con el rosado atardecer frente al mar. Comenzó a recitar otro poema con renovada fuerza. Su voz emitió un nuevo oleaje de pasión. Entró al mar lentamente y lo último que sintió fue el azul profundo del Mediterráneo chocando contra su pecho.

NEZAHUALCOYOTL

The moment she saw him she knew her world would change forever. Venus was sitting at a café near the Roman cemetery reading poetry. At dusk, the sky had pink tones with a turquoise blue background. She recognized him because of his peculiar garb and exquisite jewelry. She followed him with her eyes; he seemed lost. He was very attractive, with vivid and intelligent eyes, and brown skin. A verse appeared in Venus' mind. She smiled. She recalled his poetry, certain that it was him. And while she intuitively knew this, reason was telling her something different. She followed him again with her eyes. She observed every move he made, every step he took. Her heart raced for a second, and then she jumped up from her seat. She couldn't let him go. She left a few coins on the table, and went to him. He saw her approach him with determination, and he waited until she was a few steps from him. They looked at each other, seeming to recognized each other. An ocean current filled with poetry entered Venus' thoughts, and she quivered with emotion. It was an everlasting moment. He said to her that he had been waiting for her. A long, comforting hug clinched the encounter.

She wanted to talk to him, to enjoy his presence, and his poetry. She wanted to ask him if he would read his beautiful poems to her. Nezahualcoyotl, the king poet, was in Barcelona. Venus admired him as much as poetry is appreciated. She noticed his jewelry. Dark green jade, red sea shells, and gold adorned him. Blue-green quetzal feathers decorated his tuft of black hair. A white cloak of the softest cotton intertwined with red, blue, and yellow feathers hung from his shoulders. It was not possible to admire so much beauty. It was impossible for him to go unnoticed.

They walked together, and with each step, she felt poetry exude from Nezahualcoyotl's body. That was his aroma. She couldn't stop breathing in that intoxicating essence. It was a subtle combination of poetry, jungle, and copal. It made her quiver. His words popped into her mind. Complete verses appeared in Venus' mind every time she inhaled his scent.

They walked along La Rambla, the tree-lined avenue with hundreds of tourists with cameras, local folks going from one place to another, countless stands selling yellow sunflowers, red roses, and multicolor souvenirs, and street artists. Verses of his poetry were assaulting her. Emotion invaded her. Venus asked him if he wanted to have a drink. She didn't know what to talk about. Nezahualcoyotl's poetry reverberated in her head. He looked at her calmly, as if wanting to control the torrent of poetry that he knew Venus was experiencing. He said to her that he wanted to look at the sea, and later they could sit down and have a drink. But at that instance, he wanted to see the Mediterranean Sea. They kept walking through white, pink, orange flowers, red, blue and yellow mosaics on the floor, and people who passed by in a continuous wave of back and forth through La Rambla.

They approached the sea. The blue aroma of the sea started to compete with the essence of copal and jungle coming from Nezahualcoyotl. Standing before the Mediterranean, without saying anything, he began to recite to her. There she was; she could hardly believe it. She watched him, listening to his poetry. She attempted to conceal the explosion of feeling that seeing him, listening to him, and soaking up his aroma, caused her. She nervously and discretely smiled. She remembered that this very morning, before meeting him, she had read some of his poems aloud: *"...amo el canto del cenzontle, pájaro de cuatrocientas voces, amo el color del jade y el enervante perfume de las flores...."*

Venus knew that this encounter was about to start a dialogue beyond words. Between coy glances, rhymes and metaphors, she started to tremble. It seemed that an eternity of soft sounds were caressing her. The blue of the sea competed with the blue of the sky. She felt as if words were adhering to her body, to her spirit. Suddenly, Venus started to disappear. First, her arms filled with words, and in an instant, the rest of her body was covered in words. Every centimeter of her body, it seemed, was tattooed in poems. The next moment, Venus' body disappeared, only words remained. Verses began to flow from her arms at the same time they floated and integrated into the surroundings. The verses separated into words, then into syllables. In the rhythm of his voice, she was fading even more as she integrated into the torrent of Nezahualcoyotl's passion. When he finally finished reciting, he inhaled the last of the stanzas deeply of what had been Venus. He started reciting another poem with renewed strength. His voice put forward a new wave of passion. He went slowly into the sea, and what he last felt was the deep blue of the Mediterranean Sea crashing against his chest.

Xánath Caraza is a traveler, educator, poet, and short story writer. Caraza is an Award Winning Finalist in Fiction: Multicultural category in the 2013 International Book Awards. Her book *Conjuro* (Mammoth Publications, 2012*)* was awarded second place in the Best Poetry Book in Spanish category and received honorable mention in the Best First Book in Spanish, Mariposa Award category in the 2013 International Latino Book Awards. She was named number one of the 2013 Top Ten "New" Latino Authors to Watch (and Read) by LatinoStories.com. She won the 2003 Ediciones Nuevo Espacio international short story contest in Spanish and was a 2008 finalist for the first international John Barry Award. She is the author of *Corazón Pintado: Ekphrastric Poems* (TL Press, 2012) and *Sílabas de viento,* forthcoming from Mammoth Publications. Caraza writes the *US Latino Poets en español* column. She is an advisory circle member for the Con Tinta literary organization and has curated the National Poetry Month, Poem-a-Day project, for the organization since 2012. She is a former board member of the Latino Writers Collective. Caraza has participated in the X Festival Internacional de Poesía de la ciudad de Granada 2013, Floricanto Barcelona 2011 and 2012, Festival de Flor y Canto 2010, USC. A native of Xalapa, Veracruz, Mexico, she has lived in Vermont and Kansas City. She has an M.A. in Romance Languages, and lectures in Foreign Languages and Literatures at the University of Missouri-Kansas City.

Stephen Holland-Wempe has taught, translated, and interpreted Spanish, French, and English. He has taught scientific translation in southern Mexico, where he was also the official translator and interpreter for the university international program. For the last twelve years, he has been at the Applied Language Institute at the University of Missouri at Kansas City, where he is the Language and Intercultural Specialist. He is currently completing his international Ph.D. in Social Sciences from the Taos Institute in the U.S. and Tilburg University in the Netherlands.

Sandra Kingery is Professor of Spanish at Lycoming College in Williamsport, Pennsylvania. Kingery has published translations of two books by Ana María Moix (*Julia* and *Of My Real Life I Know Nothing*) as well as a translation of René Vázquez Díaz's *Welcome to Miami, Doctor Leal,* and Daniel Innerarity's *The Future and Its Enemies.* She has published translations of short stories by Julio Cortázar, Liliana Colanzi, Federico Guzmán Rubio, and Claudia Hernández, among others. Kingery was awarded a 2010 National Endowment for the Arts Translation Fellowship to complete her translation of Esther Tusquets's memoir, *We Won the War.*

Lorenia Tamborrell was born in Mexico City and now lives in Xalapa, Veracruz, Mexico. Tamborrell graduated from the School of Fine Arts at the University of Veracruz. She is an accomplished painter who uses different techniques, such as oil, water color, installations and photography. Tamborrell is an avid bird watcher. The cover art, "Sobre las solas", is used by permission by the artist.